vmn

Wilhelm Wolpert

Jetzt wird's aber Zeit

Mundartliche
Geschichten und Gedichte
zur fränkischen Weihnacht

vmn

Verlag Michaela Naumann

2. Auflage 2000
3. Auflage 2003
4. Auflage 2006
5. Auflage 2007

Druck: Danuvia Druckhaus Neuburg GmbH

Die Zeichnungen zu diesem Buch wurden von Helmi Scheuring, Haßfurt, gefertigt.

Die Deutsche Bibliothek – CIP-Kurztitelaufnahme

Wolpert, Wilhelm:
Jetzt wird's aber Zeit : mundartliche Geschichten und Gedichte zur fränkischen Weihnacht / Wilhelm Wolpert. 1. Aufl. - Nidderau: Naumann, 1999
ISBN 3-933575-25-7

POST

Geschichten

Gedichte

Adventskalender

Vor Weihnachten iss die besta Zeit, ämal über sei Familie nachzudenken. Mensch, wie die Zeit vergeht.

»Die Kinner wern immer größer«, hab ich zu meiner Fraa gsacht, »da sicht mer, wie jung mir gebliem sinn. Meenst du, daß es da noch richtig iss, für die Rass Adventskalender, mit Säckli für jeden Tag, zu machng?«

Een Tag warn Kaugummi drin, an än annern Schokolad oder ä Mandarina. Aa ämal ä Luftballon oder ä Mark. Des warn die Adventskalender mit Säckli, und auf jeden Säckla war die Zahl draufgstanna vom betreffenden Dezembertag.

Wie ich gsagt hab »Also Kinner, ihr seid jetzt alt genug, mir schaffm die Adventskalender ab«, hammsa aber protestiert: »Nä, mir wolln unner Säckli heuer aa!« Oder: »Jetzt hab ich mich scho soo drauf gfrääät.« Was wista denn da mach? Mir hamm also die Säckli wieder rausgekramt und hammsa aa heuer wieder gfüllt.

Mei Fraa hat gseufzt: »Jetzt müß mer scho größera Sachng nei die Säckli tu: Tennisbäll, Musikassettn und Fümfmarkstücker.«

Ja, ja: klenna Kinner – klenna Säckli; großa Kinner – großa Säckli.

Es war drei Tag vorn erstn Dezember, und die Kinner warn brav in ihrer Zimmer und hamm ihr Hausaufgabm gemacht. Mer hat sa manchmal heimlich lachng ghört, und des hat mich gewunnert. Warum hammsa sich net gstrittn wie alla Tag? Des wär normal gewäsn.

Der erste Dezember war ä Freitag. Wie mei Fraa und ich gestern abmd die Säckli heimlich aufghängt hamm, hamm mer uns über die Kinner unterhalten: »Sie sinn noch gar kee Teenager, sie sinn Kinner gebliebm, Gott sei Dank.«

Am nächsten Tag hamm mir die Kalender gezeigt, und sie hamm sich draufgstürzt wie die Wildn und hamm ihr Kuglschreiber ausgepackt.

Des Säckla mit der Nummer eins war geräubert.

Und trotzdem war heut ä komischer Tag; irgend äwas hat net gstimmt.

Auf eemal hat die Barbara gsacht: »Gell, ihr merkt nix?« Und die Juliane hat mit sehr bedeutungsvollem Gesicht na die Wend gegnauckt.

Ja, was war denn des? Da war ja was ghängt! Es warn zwää eefacha Adventskalender vo früher. Zwää Fachwerkhäuser mit 23 Fenster zum Aufmachng und ä Eingangstor fürn 24. Dezember, fürn Heilichng Abend. »Für Papa« war auf dem eena gstanna und auf dem annern »Für Mama«.

»Ja, Kinner, dank schö für die Überraschung!« Naja, Geld hammsa kenns ghabt, na wernsa halt ä paar fromma Sprüchli nei die Fensterli gschriem hamm ... hab ich gedacht.

Mei Fraa und ich, mir warn ganz gerührt. Mir hamm ja aa nu net gewißt, was da auf uns zukummt.

Heut war der erst Dezember, ich hab mei Fensterla mit Fug und Recht aufgemacht. »Lieber Papa«, war dringstanna, »lieber Papa, wir wünschen dir einen guten Advent, freue dich auf morgen.« Also, ich muß scho sag, für sehr wenig Geld hammsa mir eine Vorfreude und vor allem eine unheimliche Spannung vermittelt. – Bei meiner Fraa war es gleicha dringstanna mit »Liebe Mama ...«

Abeds, wie die Kinner im Bett warn, wollt ich gleich es nächsta Fensterla, des vom nächstn Tag, aufmach; ich hab die Spannung einfach nix mehr ausghaltn, und es warn doch bloß nuch gut drei Stund. Aber nix war's, mei Fraa hat mich derwüscht.

»Schäm dich! So alt – und neugierig wie ä Bürschla bein erstn Kuß! Jetzt gehsta sofort nauf neis Bett, sonst mechsta mir noch die ganza Fensterli auf, du alter Depp.« Sie kennt ihrn Moo.

Am nächsten Tag, nach einer unruhigen Nacht, war ich der Erst untn und hab mei Fesnterla aufgerissn, gelesn und ganz schnell wieder zugschmissn. »Sötta Frecker!«

Mei Fraa kummt aa neugierig runterghetzt: »Na, was steht denn drin?«

Ich hab's vorgelesn: »Lieber Papa, heute abend darfst du von acht bis um elf Uhr mit uns Halma spielen.« Um halber zehna hammsa nämlich immer neis Bett gemüßt.

Jetzt hab ich mei Fraa gedrängt: »Mach schnell dei Fensterla auf! Ich will seh, was bei dir drinsteht.«

»Ach, ich wäß scho«, secht die ganz unschuldig, »ich war heut nacht scho huntn und hab nachgeguckt.« (Und da gibt's Leut, die sachng, Frauen wärn net wissensdurstig.)

Dringstanna war eine ähnliche Schurkerei: »Liebe Mama, heute darfst du für uns Spaghetti kochen, weil du sie doch so gerne ißt.« Sie essn sa so gern, die Gauner, und unner Barbara wär eigentlich heut mit 'n Kochng drangewesn.

Was soll ich noch viel sag, in den Stil isses weiterganga. Alla Tag war eine andere Raffiniertheit in dena Kalender gstanna, zum Beispiel: »Liebe Mama, heute darfst du meine Hasen versorgen, du liebst sie ja so sehr.« Oder: »Lieber Papa, heute darfst du meinen Aufsatz machen, das kannst du ja so gut« Von wegen! Auf mein letztn Aufsatz als Papa hab ich än Vierer kriegt. Naja, die Lehrer heutzutag! – »Liebe Mama«, hat's ä anners Mal ghässn, »heute darfst du mit mir zum Schwimmen gehn.« Oder: »Lieber Papa, heute darfst du mit uns den Tatort anschaun.« Um elfa iss der Film erst anganga!

Sie hamm uns praktisch jeden Tag ein herrliches Gschenk gemacht, völlig kostenlos – eine adventliche Erpressung!

Am 24. Dezember war für uns zwää es gleicha dringstanna im Torbochng vo unnera Adventskalender: »Heute machen wir alle zusammen den ganzen Tag ein fröhliches Gesicht.« Die Hallodri, die gschertn! Grad am Heilichng Abend, wo sich doch die Erwachsena än ganzn Tag streitn.

Vo früh bis abend gibt's doch am Heilichng Abend Ärger. Der Baam iss net richtig gschmückt, die Beleuchtung hängt net gleichmäßig, aufm Teppich liechng nuch Bröseli. »Am liebsten tät ich na nuch ämal schäum«, hat mei Fraa gstöhnt. Und da sollsta ä fröhlichs Gsicht mach, wie's im Kalender steht?

Ich hab fest an den Kalender gedacht und hab vorgschlachng: »Zu, mir trinkng scho ämal ä Dämmerschöppla, die Ärbet iss doch getan.«

Au weh, da hätt ihr ämal was erleb könn. »Was? Alkohol am Heilichng-Abend-Nachmittag scho? Des sicht dir ähnlich, daß da nacher heut abeds mittn im ›Stille Nacht‹ eischläfst! Putz lieber dei Schuh! Des kasta heut ruhig ämal selber mach. Ich staub inzwischn es Klavier nuch ämal ab.« Und da sollsta ä fröhlichs Gsicht mach, wie's im Kalender steht?

»Um sechsa iss Mettn, um fümfa müß mer drin sei! Zieh dich um! – Gell du willst dich net bad? – Zieh fei net wieder rota Schuh zu die grüna Hosn aa. Ich hab der dei Zeug scho higelegt!«

Lauter unangenehme Sachng. Es iss fei net leicht, daderbei aa nuch ä freundlichs Gsicht zu machng. Mit mein Dämmerschöppla hätt ich sofort ä freundliches Gsicht zammgebracht.

Da hamm unner Kinner äwas angericht. Ä fröhlichs Gsicht? Daß ich net lach! Ja, die Junga hamm leicht lachng ghabt, die warn fröhlich. Bei jedem ehelichen Zusammenprall hammsa gegrinst, und wie ich mei vierta Mettnhosn anprobiert hab vor den gestrengen Aachng vo meiner Fraa, die wu jeds Fimela sicht, hat der Christof gsacht: »Mach der nix draus, Vater! Fröhliche Weihnachten!« Und er hat gegrinst über sämtliche Backng.

Wie dann mei Fraa sich und alla anderen vorweihnachtlichen Forderungen durchgsetzt hat, hat sa mich nei ihrer adventlicha Arm genumma und hat gsacht: »Wäßt, was, Moo? Jetzt machng mir zwää aa ämal ä freundlichs Gsicht, wie's im Kalender steht, wennst aa heut gar so bockig und eigensinnig warst.«

Da hab ich mei Fraa mit gepfletschta Zähn liebevoll umarmt und hab era neis Ohr gflüstert, so, daß es die Kinner net ghört hamm: »Also, ich gläb, mir hörn jetzt doch auf mit dena altmodischa Adventskalender. Iss des net kindisch, ausgerechngt am 24. Dezember ä fröhlichs Gsicht mach zu müssn?«

Nikolaus

Nikolaus – mal so, mal so:
Als klenns Kind fürchst dich vor dem Moo.
Kaum bista zehn, aus'n Gröbstn raus,
Gläbst nix mehr an den Nikolaus.
Mit zwanzig mechsta, obwohl's dich ärgert,
Selber die Kinner als Nikolaus fürchert.
Und noch viel später sechsta: »O Graus!
Was guckt denn da aus dem Spiegel raus?
Ich seh ja aus wie der Nikolaus!«

Geburtstag

Der Chef vom größten Verbrauchermarkt in der Stadt strebt nei seiner Dekorationsabteilung. Die Werbefachleut und die Dekorateure sinn alla da.

»So«, secht der Boß, »ich will mit euch die Werbeaktivitäten der nächstn Wochng besprech. Es iss jetzt der 16. Oktober, mir müssn die Kundn langsam auf winterlich, häuslich und gemütliche Ofenwärme bring. Da ghörn Lichter derzu. Mir müssn der Kundschaft suggerier, daß es ab jetzt draußen dunkel und kalt werd.«

»Aber Chef«, widerspricht der Anton, »es sinn doch noch mindestens achtzehn Grad draußn.«

»Des iss wurscht!« donnert der Marktleiter, »und wenn's draußn fümfäzwanzig Grad hat. Die Leut hamm alla Kalender und wissn, daß es nauszuus geht, und es kann ja aa jeden Tag kalt wer'.«

»Ja, aber …«, zögert der Hans.

Aber der Chef donnert: »Nix aber! Lebkuchng gibt's scho seit Anfang September und Christstolln aa, und die Möbelhäuser hamm scho seit vierzehn Tag ihrn Weihnachtsmarkt auf. – Also, Lichterkettn ab Montag, des iss es Erschta.« Er zählt an die Finger auf. »Zweitens: Tannengrün um die Türn rum ab Allerheiligen. Und drittens: Meld euch beim Förster an, daß mir am 10. November unner großa Fichtn kriegng.«

»Am 10. November scho?« frecht der Anton ganz entsetzt. »Aber da kumm doch noch der Buß- und Bettag, der Volkstrauertag und der Totensonntag.«

»Dadrauf könna mir net aufpaß. Die Kunden müssn in Weihnachtsstimmung gebracht wer', in Plätzlesstimmung und in Pulloverstimmung und, und, und … Also, iss des soweit klar?«

Der Boß hat den Plan festgelegt und will grad wieder fort wie die Doris, der Dekostift, gerennt kummt: »Chef, Chef, was ich gsehn hab!«

Sie iss ganz außer Atem. »Des großa Möbelhaus, drom bei Bamberg – grad bin ich vorbeigfahrn –, die hamm jetzt scho än Christbaam brenna.«

»Was?« Der Chef iss fix und fertig. »Da seht er's, die machng's uns vor, die hamm's erfaßt! Aber was die könna, des könna mir scho lang! Morchng werd die Fichtn aufgstellt!«

»Aber Chef«, probiert's der Anton noch ämal, »vor zwää Wochng warn mir doch noch hemdsärmelig aufm Straßenfest ghöckt und hamm Federweißn …«

»Des iss mir egal, was vor zwää Wochng war! Jetzt iss jetzt, und wenn's in Bamberg geht, geht's bei uns aa. Basta!« Der Boß rauscht ab, die Dekoabteilung mecht langa Gsichter.

Wie der Anton am nächsten Nachmittag mit der langa Leiter die weihnachtliche Lichterkettn am Baam festmecht, fährt unter ihm ein Inline-Skater-Girl vorbei mit än T-Shirtla und än Miniröckla, und sei Freund, der Max, geht grad vom Tennisplatz hemm und hat fei nuch Shorts an. Es iss fast sechsa, aber es iss nuch hell – es iss ja nuch Sommerzeit –, aber der Weihnachtsbaum brennt scho.

Der viel zu frühe Christbaum strahlt die Kundn an, und die Kinner frechng, ob heuer eher Weihnachtn iss und es Christkindla vielleicht scho kummt. Die Eltern wissn net, was sa sag solln, und käffm aber doch den eena oder annern Dominostein und aa scho än Christstolln.

Krippeli sinn aa scho ausgstellt. »Guck, die drei König«, strahlt die klee Melanie an der Hend vo ihrer Großmutter.

Die Oma schent: »Guck weg, die drei König sinn erst am 6. Januar!«

»Ach, Oma«, verbessert die Melanie die alt Fraa, »im Januar, da iss doch scho Fasenacht. Da kummt doch scho bal der Osterhas.«

»Nein!« schreit die Oma jetzt laut, »Ostern iss im April!«

»Hasta gedacht!« Die Melanie wäß es besser: »Im Januar verkäffm sa doch scho bunt bemalta Ostereier.«

»Aber, Mädla, die Ostereier bringt doch erst der Osterhas im April.«

»Oma, du hast keine Ahnung. Im April stehn doch scho die Pfingstferien vor der Tür.« –

»Nächsts Jahr sinn mir die Erschtn«, beschließt inzwischen der Chef, wie er wieder in sein Büro sitzt, und er schreibt mit rotem Filzer nei sein nächstjährigen Kalender beim 15. September: »Christbaum auf den 1. Oktober bestellen und Lichterketten herrichten!« Dann mecht er Feierabend. Er geht hemm.

Kaum hat er sich die Hend gewaschen und will sich setz, da schellt's.

Der Nachber isses. »Du, Fritz«, secht der Nachber, »mir fahrn vierzehn Tag in Urlaub. Heut nacht fliechng mir, und du hast doch morchng Geburtstag. Da will ich dir heut scho viel Glück ...«

»Sei still und red net weiter!« unterbricht na der Chef. »Des bringt Unglück, wemmer vor 'n Geburtstag scho gratuliert. Meinetwechng ruf mich morchng an, aber bitte net heut scho. Keine Stunde eher, des bringt Unglück!« Der Nachber secht ganz zerknirscht »Auf Wiedersehn« und geht wieder. –

Daß ich net lach! Mer derf vorher net gratulier? Weihnachten iss doch aa ä Geburtstag – und es werd scho Monate vorher es Feiern angfangt. Des bringt doch aa kee Unglück. Aber: stimmt ja, die gratuliern ja net, auf Weihnachtn wolln sa bloß in Stimmung kumm, halt jeds Jahr ä weng länger.

Und außerdem: Iss Weihnachtn ä Geburtstag? Wieso? Weihnachtn? Wer hat denn da eigentlich Geburtstag?

Osterhas?

Der erschte Advent wenn gfeiert wird,
Werd beim Konditor Meier umdekoriert.
Nikoläus weiter hintn, Engeli vorndran.
Ochs und Esel aus Marzipan.
Da steht ee Osterhas unter lauter Nikolausgstaltn.
Iss des jetzt scho ä neuer oder noch eener vo die altn?

Die Heilige Genoveva

Es iss an än Samstag, Mitte Dezember. Die Familie iss vollzählig beim Mittagessen: Vater, Mutter und die zwää Bubm.

Der Vater guckt auf die Uhr: »Holt ämal eener die Post rei, die müssert jetzt endlich da sei.«

Die Post iss da, die Brief wern sortiert.

»Die Tant Josefa schreibt aa wieder ämal …« Der Vater gibt den Brief an die Mutter weiter. »Den derfst du zuerscht les' – es ja die Tant!«

Die Kinner guckng die neue Fernsehzeitung an, und der Vater studiert die Einladung von der CSU zum Spanferkelessen.

»Otto!«

»Ja, was iss?«

»Halt dich fest, Otto! Die Tant Josefa will zu Besuch kumm!«

»Schreib era, daß mir verreisen, oder schreib, daß mir ä ansteckende Krankheit hamm, oder daß mir umbaun … oder schreib halt irgend äwas.«

»Sie will uns heuer ihr Weihnachtsgschenk persönlich bring! Übermorchng kummt sa.«

»Au weh!« Der Vater kratzt sich an sein Kopf: »Naja, wenn mir irgendwann ämal der Tant Josefa ihr Häusla erb wolln, nacher müß mer wohl oder übel nei den sauern Apfel, nei die Tant Josefa beiß, sozusachng. – Hoffentlich bringt sa net wieder so ä blöds Bild …«

Die Mutter stößt einen Schrei aus: »Heiliger Gott! Wo iss denn des Bild mit den Dings … was war's wieder? Ach ja, es muß des Bild mit den Hirsch gewesen sei, was sa uns vor zwää Jahr mitgebracht hat. Wu iss der Hirsch? Die Tant wenn kummt, und der Hirsch hängt net übern Sofa – die enterbt uns!«

Die ganz Familie sucht nach dem röhrenden Hirsch. Nach drei Stund werd er gfunna. Drom Speicher, hinter än altn Bettgstell, hat er sich verkrochng, total verstaubt. Das Bild werd salonfähig gemacht.

Jetzt meld sich der Klaus zu Wort. Trotz seiner zwölf Jährli wäß der Kerl gut Bescheid. »Iss net des Bild vom Heiligen Aloisius aa von era?«

Jetzt werd die Mutter hektisch: »Na freilich! Tut's sofort her! Wu hängt denn des?«

Der Klaus wäß es: »Im Gästeklo.«

»Unmöglich!« schreit die Mutter, »des müß mer wenigstens nei die Küch häng!«

Und der Bernd mit seiner dreizehn Jahr iss ä ganz schlauer: »Wenn die Tant ämal muß und muß dann von der Kloschüssel aus den Heilichng Aloisius anguck … ich gläb, des stinkt era gewaltig.«

Aber jetzt kummt ä Problem: Da, wu der Hirsch hin soll, übern Kanapee, hängt momentan än Onkel Alfons sei letztes Gschenk: ä Zigeunerin, barfuß bis naufm Hals, mit än Tamburin in der Hend. ›Die nackte Julischka‹, häßt des Bild, und immer, wenn der Papa aufm Sofa ä Nickerchen mecht, guckt er kurz vorn Eischlaffm noch ämal schnell auf den Tamburin.

Diese Julischka war natürlich ein schlankes, rankes Weib und hängt im Längsformat. Jetzt muß sa fort, und dafür kummt der ›Röhrende Hirsch an der Wasserquelle‹ na der Julischka ihrn Haken. Leider iss der Hirsch im Querformat.

»Die Tant iss fei net blöd«, meent die Mutter, »die merkt an die dunkla Stelln vo die Tapetn gleich, daß da ä annersch Bild ghängt war – und dann isses aus mit der Erbschaft.«

Deswecher werd aa nuch der Heiliche Aloisius unter den Hirsch ghängt, und die Erbtant kann kumm. Die nackert Julischka mit ihra verführerischa Aachng trägt der Vater deraweil nein Kinderzimmer zu die zwää Bubm; aber es kummt umgedreht nei – ihrn frechng Leib na die Wand zuus. Die Bubm sinn noch zu jung für die Julischka und ihrn großn Tamburin.

Da secht die Mutter: »Ich kenn mei Bubm, dei Söhn. Des Bild kummt wieder raus aus dera Junggsellnbudn!«

Da bestimmt der Vater: »Mir hängsa nei unnern Schlafzimmer, die Julischka.«

»Aber da hängt doch scho es Stilleben von der Eva«, protestiert die Mutter, »des wu die mir zu mein fümfzigstn Geburtstag gschenkt hat.«

»Des Stilleben muß halt raus! Des iss sowieso scheußlich: lauter Öpfel, Birn und Pflauma – des paßt sowieso net nei än Schlafzimmer.«

»Aber die Eva ...«

»Die iss mir wurscht! Häng s' hi, wu da wist! Vo der Eva erb mer nix!«

Also, der Hirsch hängt jetzt übern Kanapee, aber er kann dera flottn Julischka ihr dunkla Stell net ganz verdeck. Drum hängt aa nuch der Heiliche Aloisius derbei. Die Bubm hamm wieder wehmütig Abschied genumma vo ihrer Zigeunerin und ihrn Tamburin. Die Julischka, des außereheliche Luder, hängt jetzt im Elternschlafzimmer, und des Stilleben vo der Eva iss in der drängenstn Not nein Gästeklo ghängt worn, nan Heilichng Aloisius sein klenna wacklichng Nägela. –

Die Tant kummt. Es gibt Kaffee und Kuchng, und die Tant soll sich aufs Kanapee setz: unter ihrn Hirsch, Schulter an Schulter mit ihrn Heilichng Aloisius.

Da fängt sa es Motzn an: »Was iss denn des für ä fürchterliches Bild? Des iss ja der größte Kitsch, den wu ich in mein Lääm gsehn hab: ä Hirsch!« Die Tant bumbert mit ihrn Steckng aufm Fußbodn und frecht energisch: »Wu iss die Heilige Genoveva, die wu ich euch vor zwää Jahr gschenkt hab? Du hast doch gschriebm, daß sa euch so gut gfällt, daß ihr sa um keinen Preis der Welt wieder hergebert.«

Da fällt's der Mutter siedhäß ei: Der Hirsch iss ja gar net vo der Tant, der iss ja ... »Na freilich, Tante Josefa, da ghört freilich die Heilig Genoveva her. Die iss nur zum Saubermachng runterkumma, und der Hirsch hängt bloß so ämal da«, lügt sa. »Mer sicht ja an den dunkeln

Rand, daß der Hirsch gar net daherghört.« Und sie schreit die Bubm an: »Holt drom Speicher die Heilige Genoveva und hängt sa an ihrn Platz und tut den blödn Hirsch weg!« Und zu die Tant secht sa: »So, mir gehn erscht ämal nein Keller. Ich zeig dir ämal, was ich alles eigemacht hab.« Und sie denkt: »Hoffentlich beruhigt sa sich.«

Der Vater iss nuch ällees im Zimmer. Er hört, wie die Bubm schrein, sie finnertn die Heilige Genoveva net. Da brüllt er nauf: »Sie muß da sei! Macht euer Aachng auf, sonst knallts!«

Jetzt geht er aa nein Keller. Die Nerven der ganzen Familie liechng blank. Die Erbtante kommentiert grad fachmännisch die eigemachta Gurkng, den Öpfelbrei und die Marmelad, und dann gehn sa wieder nauf.

Die Tant iss gut gelaunt, und der Mutter fällt ein riesiger Stein vom Herzen, aber gleich drauf fällt era der Zentnerstee wieder drauf auf ihr braves Mutterherz. Voller Entsetzen fällt era ei: »Die Heilige Genoveva hammer ja beim Sommerfest von der Lebenshilfe als Preis für die Tombola gstift, weil sa gar so scheußlich war. Da war ja der Hirsch noch ä Rembrandt dergecher.« Und sie schickt ein Stoßgebet zum Himmel: »Es werd mer doch gut ausgehn!«

Sie gehn neis Wohnzimmer zum Kaffeetrinkn, und übern Kanapee hängt ... die nackert Julischka mit ihrn Tamburin und guckt verführerisch und lüstern über die Schulter nüber zum Heilichng Aloisius, dem Patron der Keuschheit.

Die Tante iss empört, und die Mutter schellt die Bubm ab, nimmt die Julischka runter und legt das Mensch umgekehrt aufm Boden.

»Wo habt ihr denn diese Pornographie her?« zetert die Tante Josefa.

Und der Klaus secht's era: »Aus der Mama und än Papa ihrn Schlafzimmer.«

Die Tant schreit: »Pfui Teufel! In diesem unkeuschen Haus bleib ich keine Stunde mehr!« Und sie rauscht nei die Flurgarderob und packt ihrn

Mantel. »Und mein Heilichng Aloisius nämm ich mit; der hat hier nix verlorn! Der kummt derhemm an mein Hausaltärla!«

Die Mutter iss den Tränen nahe: »Klaus, Bernd, packt der Tante den Heilichng Aloisius ei.« Und zur Tante secht sa: »Tante, sei doch net so bös, es war doch bloß ä Versehen.«

»Versehen? Ihr seid für mich erledigt!«

Der Bernd bringt era, eigewickelt in Zeitungsblätter, des Bild, und sie rauscht ab.

Wie sa wieder zerknirscht in ihrn Zimmer höckng, da secht die Mutter auf eemal: »Da iss ja der Heilige Aloisius noch! Was habt denn ihr der Tante mitgääm?«

»Ach Gott, ach Gott«, jammern da die Bubm, die Läushammel. »Ich gläb gar, mir hamm aus Versehn die nackert Julischka eigepackt. Aber wirklich bloß aus Versehn, Mama.«

Übergewicht

»Mama, warum geht denn der Papa zum Turna?
Er könnert doch aa mit mir spiel?« –
»Nä, Kind, der Papa muß turn,
denn der wiegt viel zuviel.« –
»Aber jetzt im Advent,
da hätt er doch für mich ä weng Zeit.« –
»Nä, nä, Kind, dei Vater muß abnämm,
aber gscheit.« –
»Wär Turna net besser nach die Feiertag,
wo er doch so guta Plätzlich kriegt?« –
»Des isses ja, Kind: Der Papa hat jetzt
am 1. Advent scho sei Dreikönigsgewicht.«

Der Jimmy

Der Jimmy kummt, der Jimmy kummt!« Die klee Susi, sie iss zwölf Jahr alt, schreit aus Leibeskräften, und die ganz Familie stürzt ans Fenster und guckt durchng Vorhang.

Draußn kummt ä Neger mit so ä Sporttasch und mecht es Gartentürla auf.

Der Vater runzelt die Stirn: »Ä Neger? Ä Neger war net ausgemacht, ä Ami hat's sei soll!«

Fürn Klaus, dem Ältesten, iss klar, daß aa ä Neger möglich iss, wenn mer än Ami bestellt. Er meent: »Jetzt isser daa. Ä Neger iss doch aa ä Mensch. Laßt euch jaa net anmerk, daß ihr net mit än Neger gerechngt habt.«

James Cowling häßt er, und er mecht grad es Gartentürla wieder zu. Schlank isser, kräuslicha Haar hat er, und kohlrabelschwarz isser.

»Wie der Kasper ausn Morgenland«, denkt die Mutter, und unverschämt jung isser. »Daß der in dem Alter scho bei die Ami iss?«

Seit sechs Wochng frään sa sich scho auf diesen Augenblick. Sie hamm sofort mitgemacht bei der Aktion »Wer nimmt einen amerikanischen Soldaten an Weihnachten in seiner Familie auf?« Aber jetzt sinn sa doch ä weng überrascht, weil ä Neger daherkummt.

Der Jimmy steht immer noch im Vorgarten und guckt unschlüssig. Isser hier richtig, der James Cowling? Er kann ja net wiß, daß die ganz Familie schon seit Wochng Jimmy zu na sacht, wenn sa von ihrn Ami red, und die Nachbern wissn's aa scho, daß der Jimmy kummt.

Endlich mecht der Vater die Tür auf. Er hat sich von sein Schreck erholt und secht in sein besten Englisch: »Hällou!«

»Good evening, Sir. My name is James Cowling.«

Die Susi drängt sich gleich vor: »And my name is Susi. Hello!«

Der Klaus secht lässig und cool: »Hi! I'm Klaus.«

»Oh, hello, Klaus! I'm Jimmy.«

Die Mutter iss froh, daß des Gspräch zustand kummt. »Es iss doch gut, daß sa Englisch gelernt hamm«, denkt sa.

Jetzt will sie aber aa was sag: »Entschuldigen Sie, Herr Jimmy, bei uns iss eine Unordnung.«

»Sorry?« freecht der Jimmy. Der Vater iss der Dolmetscher: »She secht, here is Durchänander, hier is Chaos!« Und er deut in die vorbildlich sauber aufgeräumte Diele. Es ganz Jahr war sa nu net so sauber.

»Cows?« freecht der Jimmy – er hat nix verstanna.

»No«, bemüht sich der Vater, »Chaos, Tohuwabohu, Kraut and Rüben.«

»Oh, Kraut, very good! I love Kraut!«

Jetzt hat na der Jimmy endlich, wenn auch falsch, verstanna. Die Verständigung iss ziemlich schwierig mit die Eltern.

Jetzt kummt die Oma die Treppm runter. »Oh, der Herr Ausländer iss da. Der iss ja schwarz! Ä schwarzer Neger?«

»No, ich nix Schwarzenegger, ich Jimmy.« Guckt doch ämal, wie schnell der Neger Deutsch gelernt hat. »Ich Oma, O–M–A.«

»Hello, Oma«, secht der Jimmy, und die Oma strahlt.

Die Mutter drängt jetzt: »So, jetzt geht rei, es iss Heiliger Abend, und mir wolln doch den Jimmy än deutschen Heilichng Abend erleb laß.«

Und der Vater ergänzt: »Na klar, daß die Ami aa ämal ä weng deutscha Kultur kennalerna.«

Der Jimmy hat ä Flaschn Whiskey mitgebracht, und sie setzen sich zum Essn. Nebern Jimmy hat sich sofort die Susi higsetzt, und aufm Jimmy seiner annera Seitn thront die Oma.

Erscht gibt's än Aperitif und nacher än Karpfm mit Kartoffelsalat.

»Kraut?« frecht der Jimmy und deut auf den Kartoffelsalat.

»No«, übersetzt der Vater mit sein bißla Englisch. »No. – Kartoschka!«

Die Mutter kriegt ä schlechts Gewissn: »Er iss auf Kraut eigericht, des hätt mer wiß müß! – Susi, hol ä Dösla, mir machng schnell ä weng Sauerkraut für unnern Jimmy.«

Die Oma stößt dem Jimmy nei die Rippm: »Ich Oma. Ich auch schon Ausland. Frankreich, wui, wui, Frankreich.«

»Sorry?«

Der Vater hilft: »French, you ponjemei french?«

»Ich nix french, I only english«, entschuldigt sich der Jimmy.

Doch die Oma läßt net locker: »Ich Frankreich. Lourdes. Lourdes! Du auch Lourdes?«

Da hält's der Klaus nix mehr aus: »Oma, laß na doch eß, der wäß doch nix vo Lourdes.«

Der Jimmy kann ja wirklich net wiß, daß die eenzig Auslandsreise vo der Oma ä Wallfahrt nach Lourdes war. Seitdem iss für die Oma jedes Ausland Frankreich.

Nachng Weißbier gibt's än Schnaps und dann än Eisbecher und, weil's Weihnachtn iss, auf jedn Eisbecher än Sternwerfer.

Jetzt iss än Jimmy sei Kraut fertig. Er wunnert sich zwar über die Reihenfolge, aber er iss tapfer und ißt's.

Die Oma iss immer noch ganz aufgeregt, und sie packt ihrn ganzn französischn Sprachschatz aus: »Ich mit Omnibus in Lourdes. Salami, Toaledd.« Mehr Wörter kann sa net, damit iss sa damals durchkumma.

»Sorry, ich from Oklahoma.« Der Jimmy wehrt sich.

Aber die Oma strahlt: »Ja, gut, ich auch Oma.«

Jetzt wird die Mutter ungeduldig: »Oma, laß jetzt den Jimmy, jetzt kummt doch die Bescherung!«

Der Vater legt die Schallplattn mit'n Glockengeläut auf, und die Mutter zünd den Christbaum an. Nachher singa sa »Stille Nacht« – und, oh Wunder, der Jimmy singt mit. Mit heller klarer Stimm singt er »Silent night, holy night, all is calm, all is bright«. Nach der ersten Stroph singt bloß noch der Jimmy. Die deutscha Gastgeber summa bloß mit.

Der Vater nickt anerkennend: »Da sicht mer wieder ämal, was unner Goetheinstitute im Ausland leistn.«

Jetzt iss Bescherung. Der Jimmy kriegt von seiner Gastgeber än Nußknacker, ä Kuckucksuhr, än Bierkrug und än Bocksbeutel. Was tut ä Neger mit »Obereisenheimer Höll«?

Der Vater erklärt, wu des Wort Bocksbeutel herkummt, und die Mutter werd rot.

Jetzt kumma die Plätzli und die Lebkuchng. Ä Spätlese werd aa aufgemacht. Aber die Oma will sich unterhalt.

»Ich Lourdes. Ich auch Ausland. Frankreich.«

Der Jimmy bleibt höflich und aufmerksam, obwohl's na inzwischn im Bauch rumgeht. Scheints war des Kraut nachng Eisbecher net grad es Gelbe vom Ei. »Yes, very good«, secht er trotzdem.

Die Oma beschäftigt den Gast ausn Ausland ganz ällee: »Was macht der Priesternachwuchs in Frankreich?«

Dem Klaus platzt aber jetzt der Krachng: »Oma, der Jimmy iss doch aus Amerika!«

Des hat der Jimmy verstanna: »Oh, very good! America – very good!«

Aber auch die Oma iss zufrieden: »Gut, hat er gsacht. Also geht's mit die Kirch in Frankreich aa wieder aufwärts!«

Der Vater kriegt än rotn Kopf. Der Silvaner steigt nei in die Blutgefäße. Nach drei Schoppm sinn für ihn scho immer alle Menschen Brüder. »Jimmy, du bist ein feiner Kerl, wennst aa ä Neger bist.« Sei Stimm werd lauter: »Jimmy, du kannst say you to mir. Ich Oskar.«

Scho wieder stoßn sa an, und der Jimmy kriegt auf eemal än ganz blassn Teint im Gsicht. Ja, ja, des gibt's aa bei die Neger, wenn sa ä weng durchänanner konsumiert hamm. Aperitif, Karpfm, Salat, Bier, Schnaps, Eisbecher, Kraut, Wein, Plätzli – des deutscha Durchänanner iss nix für sein farbichng Machng.

»Sorry, where is the bathroom?«

Der Vater iss baff: »Jetzt will er aa nuch Rum! Der muß än Säumachng hab, alln Respekt!«

Die eenzich, die wu keinen Brocken Englisch kann, die Mutter, versteht den Jimmy sofort. Sie sicht, was los iss. »Dem Jimmy isses schlecht, der muß sich brech. – Susi, zeig na es Bad.«

Die zwää verschwinden, und mer hört's bis nunter nein Wohnzimmer, daß es dem Jimmy bald wieder besser geht.

Der Vater iss enttäuscht: »Des will ä Infantrist sei? Die Soldatn sinn aa nix mehr des, was mir früher worn. Was hamm mir in Rußland, vor Moskau, für Haufm Wodka gsuffm, und Kaviar zwischennei.«

Die Familie winkt ab, sie kenna die Gschichtn. Niemals war der Vater auch nur in der Nähe von Moskau.

Jetzt kummt der Jimmy wieder. Die Susi führt na. Der Neger hat jetzt wieder ä weng Farb kriegt. Die Oma iss eigschlaffm, und aufm Plattnspieler singa die Windsbacher Sängerknaben. Der Jimmy will hemm nei seiner Kasern, da hat er sei Ordnung. Er hat die Nasn voll von der deutschen Weihnacht. Er iss safticha Hamburger gewöhnt, kenn trockena Franken. Der Klaus fährt na zum Bahnhof, während die Mutter es Bad ä weng rauswischt.

Der Vater hat scho ä schwera Zunga: »Heut hamm mir ä wirklich gutes Werk getan. In wahrhaft christlicher Nächstnliebe hamm mir so än Schwarzafrikaner deutsche Kultur beigebracht, die steckt er sich net hintern Spiegel. So sieht Entwicklungshilfe aus.«

Alla sinn müd. Sie blasn die Kerzn aus, lassn den Vater pappl und gehn neis Bett, aber vorher neis Bad. Die Oma zuerst. »Ich kann's net versteh, ich kann's net versteh«, hört mer sa brummeln.

»Jetzt beruhig dich ner, Oma«, secht der Klaus, »beruhig dich und laß uns ner in Ruh mit dein Lourdes.«

Aber die Oma brabbelt weiter: »Ich kann's net versteh: Wie kummt am Heilichng Abend ä halbs Essiggürkla hinter unner Klosettschüssel?

Der Kinobesuch

An Weihnachten träumt die Oma: »Ach, wär des schö,
Ich möchert mit dir wieder ämal neis Kino geh.«
Und sie strahlt den Opa an, streichelt sei runzliga Haut.
Aber ihr altes Herrla iss wenig erbaut:
»Du haust des Geld naus, des iss ein Malör.
Mir warn doch erscht im Kino, iss noch gar net so lang her.« –
»Geh halt mit«, bettelt sie, »geh halt mit nei.
An Weihnachten kannst du doch net so störrisch sei.« –
»So oft brauch mer net nei, spar des Geld für die Kinner!
Und – mir warn doch wirklich erscht kürzlich drinna.« –
»Des is scho ziemlich lang her, damals hasta nu net so gspunna.
Und außerdem hammsa doch inzwischen den Tonfilm erfunna.«

Der Antiquitätenhändler

Sie, die Hedwig, war derfür, und er, der Anton, war degecher. So isses oft bei Eheleut. Sie hätt eigentlich ganz gern eens vo dena Kätzli behaltn, die wu versehentlich in ihrn Haus, im Kinderzimmer, auf die Welt kumma sinn.

Er hat gsacht: »Was tun mir mit ä Katz? Denk ämal, wu die alles rumschnuppert, und an was die vorher scho alles rumgschnuppert hat.«

»Stimmt scho, aber so ä Kätzla kann mer halt so schö streichel«, hat die Hcdwig gseufzt.

Und der Anton hat gebrummt: »Wennst absolut streichel willst, nacher streichel halt in Gotts Nama mich.«

Es war klar, daß dem Anton sei Hornhaut kein Vergleich mit so än kuschelichng Kätzlesfell ausghaltn hat, aber – leider – die Kätzli sinn alla verschenkt worn. Wie die Geburtskistli und es Katzenklo weggeräumt warn, iss die große Katznsehnsucht in der Hedwig erst richtig aufgeblüht, und der Katznjammer iss ausgebrochen: Immer wenn sa ä Kätzla gsehn hat, hat sa Schreie des Entzückens ausgstoßn und hat sofort mit era gspielt, und der Anton hat gsehn, daß seiner Ehefraa ihr Herz mehr an än Kätzla als an irgend äwas annersch ghängt war.

Obwohl er Mitleid mit seiner Fraa ghat hat, hat er immer wieder gemahnt: »Was tun mir mit so ä Katz, wenn mir in Urlaub fahrn?« Aber so arg aufgstampft hat er nix mehr, wenn er geger ä Kätzla geredt hat.

Es iss Herbst worn, und die Kätzli sinn scheinbar vergessn worn. Da es scho stark auf Weihnachten zuganga iss, war ein Besuch beim Antiquitätenhändler fällig, denn die Hedwig und der Anton hamm beschlossn, daß sa ä klenns antikes Tischla auf Weihnachten brauchng. Also, auf nein Steigerwald, da soll eener wohn, der wu sötta Tischli hat.

Es war ä ganz normaler Bauernhof, und die Hedwig iss mit ihrn Anton im Schlepptau übern Hof. Tatsächlich warn Scheuern und ehemaliga

Ställl voller Antiquitäten gstanna. Vorndran war gleich ein alter Kleiderschrank.

Die Hedwig hat na betracht und hat ganz abfällig gsacht: »Guck doch ämal des Monstrum an. Scheußlicher geht's wirklich nix mehr. Die Tür wenn ich seh und obmdrüber die Leistn – so was von gschmacklos! Den möchert ich net gschenkt! Und die Bee! Guck doch ämal die Bee an! Eine Katastophe! Die passen doch überhaupts net zamm!«

Der Anton hat weitergedrängt: »Zu, mir wolln doch aa gar kenn Schrank, mir wolln doch ä Tischla.«

Plötzlich ein Schrei. »Guck doch ämal: wie niedlich!«

Der Anton hat gedacht, die Hedwig hätt, ganz geger ihr Gewohnheit, jetzt scho es richtiga Tischla gfunna, aber nein – so kann mer sich täusch –: Drei klenna Kätzli sinn in der Scheuern rumgsprunga und hamm mitänanner Fangeles gspielt. Es war aber aa der ideale Spielplatz zwischer die antiken Vertiko und zwischer die ehrwürdigen Sekretäre.

Der Antiquitätenhöök hat sa gejagt: »Haut ihr ab, ihr Frecker!« Und zu die Hedwig hat er gsachta: »Die scheißn mir die guta Möbel voll und verkratzn sa.«

»Ach, sinn die süß!« Die Hedwig war ganz außer sich. »So eens tät ich sofort nämm.«

»Mir sinn doch weger än Tischla da«, hat der Anton gemosert.

Aber die Hedwig hat ner bloß die klenna Kätzli gsehn. Sie wollt sa streichel, aber sie hat sa net kriegt. Sie warn schlau und hamm sich net fang laß, wie die Hedwig aa gelockt hat: »Minzela, Minzela, Minzela ...«

»Wenn Sa eens derwüschn, könner Se's sofort mitnämm – gratis«, hat der Händler gelacht und iss auf die Tischli zuganga. »Da hab ich än schöna, und da, der iss aa recht schö, und da iss ä schöns klenns Tischla ...«

Der Anton iss eigentlich ner bloß als besserer Chauffeur derbeigewesn und hat rasch gsacht: »Mir brauchng Se's net zu erklärn, mei Fraa kummt gleich.«

Aber die war nuch mit die Kätzli beschäftigt und issera zwischer die Schränk und Stühl nachgerennt.

»Geh jetzt endlich her!« hat der Anton gebläckt.

Aber die Hedwig hat grad eens vo die Kätzli am Schwanz gepackt ghat. Des hat gschria und gfaucht, und rasch hat die Hedwig wieder losgelassn. »Ach Anton, die Grau nemmert ich am liebsten, die passert so schö zu mein neua Kläd. – Aber nää, des geht net.«

»Warum denn net?« hat der Anton gfrecht.

»Weil sa net zu unnern beeschn Sofa paßt. Beesch und Grau, des beißt sich, wenn sa aufm Sofa höckt.«

»Gehn Sa zu«, hat sich der Möbelhöök in die Safari eingemischt, »ich fang sa Ihna. Sie kriechng die ja doch net.«

Jetzt sinn sa zu dritt auf Jagd ganga: Der Möbelhändler iss frontal auf die Katz zu, die Hedwig hat sich zwischer zwää Küchenbüffees aus dem achtzehnten Jahrhundert lautlos angschlichng, und der Anton hat den eenzichng Fluchtweg abschneid müß. Er hat sich breitbeinig zwischer än Luis-Kators-Sessel und einem antiken Waschlabor gstellt. Es grauweißa Kätzla war hoffnunglos umzingelt und hat sich ängstlich umgeguckt. Der Antiquitätenhändler hat nuch ämal sei Hilfstruppm kontrolliert und hat dann zur Attacke geblasn. Er iss frontal gegen des zitternde Minzela vorgerückt. Es Kätzla iss hierhin und dorthin gerennt – alles war zu.

Da hat wie der Blitz der Möbelhändler zugepackt und hat gschria: »Ich habsa, den Frecker!«

Es Kätzla derfert aber kee Katz sei; es hat sich in der Not an sei nächsta Verwandtschaft, die Löwen, erinnert und hat den Mo tief und scharf nei sein fleischichng Dauma gebissn, so daß der mit einem lauten Schrei wieder losgelassn hat. Er hat geblut wie ä Sau, und die Katz hat inzwischen den eenzichng Ausweg gfunna: Sie iss mittn durchng Anton seiner gspreizta Bee gsprunga und iss in än Kläderschrank verschwundn –

in ausgerechngt den scheußlichng Kläderschrank, der wu der Hedwig vorhin so mißfalln hat.

Der Antiquitätenhändler hat trotz seiner schweren Verwundung blitzschnell die Tür vo den Schrank zugschmissn und hat triumphiert: »Mir hammsa! Aber ich lang net noch ämal nei und hol sa raus.«

»Lassn Sa sa gleich drin«, hat die Hedwig kommandiert.

»Wieso?«

»Ich nämm den Schrank.«

»Aber mir wolltn doch ä Tischla ...« Der Anton hat recht zaghaft geklunga.

Jetzt die Hedwig: »Nää, ich hab mer's überlegt: Än Kläderschrank brauchng mir viel notwendiger.«

»Aber doch net den, der iss doch so scheußlich, hasta gsacht.«

»Wieso scheußlich? Spinnst du? Der iss doch schö! Und wie praktisch tief der iss.«

Mer hat ghört, wie es Kätzla inna im Schrank drin maunzt und ä bißla am Holz kratzt.

»Und unner Tischla?« frecht der Anton noch ämal.

»Ach, sei doch ehrlich: Mir brauchng doch eigentlich gar kee Tischla. Des iss doch aa bloß wieder so ä Staubfänger.«

Der Anton wollt aber jetzt wiß: »Und die Katz, die wu im Schrank iss?«

»Anton, du hast mich doch neulich ämal so arg geärgert.«

»Iiich?«

»Ja, du. Tu net so, als wenn da des nix mehr wisserst. Als Wiedergutmachung könnersta mir des Kätzla schenk.«

»Aber des kann doch kenner fang.«

»Na, des iss doch kee Problem – mir lassn's eefach im Schrank; mir wolln na doch sowieso käff ...«

»Aber du hast doch vorhin noch gsacht, der wär so scheußlich.«

»Iich? Da mußt da dich verhört hab! Der iss doch ausgsprochng hübsch.«

Jetzt wollt der Anton noch einen letzten Versuch mach: »Du hast sogar gsacht, du möcherst na net gschenkt!«

»Mir kriechng na ja aa net gschenkt. – Chef, was kost der Schrank?«

Der Antiquitätenhändler hat den Schrank sehr hoch gerechngt. Er hat sein blutenden Katzenbiß geleckt und im Stillen noch es Schmerzensgeld und die Fangprämie derzugezählt: »Weil Sie's sinn, sach mer halt ner bloß … 1850 Mark.«

Der Anton hat bezahlt, und die Hedwig hat deraweil durchng Türspalt vom Schrank gflüstert: »Minzela, sei brav. An Weihnachtn bista bei uns, gleich simmer derhemm, nacher kriegsta a Dösla Whisky!«

Sauberkeit

»Wennst auf Weihnachten dein Hals wäschst, dann gehn mir zwää
am erschtn Feiertag zum Schlittschuhlaufm an See.«
Die Mutter verspricht‘s mit hoffenden Blick.
Doch der Bua gläbt net so recht an des großa Glück:
»Und wenn's warm werd morchng, und es Eis taut, schlimmstenfalls,
nacher steh ich da – mit mein gewaschena Hals!«

Die Überraschung

Olga, kann ich ämal dei Nudlbrett hab? Ner bloß bis Weihnachtn.«

»Vo mir aus, heuer brauch ich's nix mehr, die Kinner essn lieber Spaghetti. Für was brauchste's denn?«

»Des derf ich net verrat des gibt ä Weihnachtsübcrraschung.«

Der Willi nimmt es runda Nudlbrett mit Griff mit nei sein Bastel-Workshop-Keller und schließt hinter sich ab. Als erstes sägt der Willi den blödn Griff vo dem Nudlbrett ab. »Wie sicht denn des aus? A Krippm mit Griff und aa nuch ä Loch drin!« Weil der Willi den Fuchsschwanz net find, muß er die Eisnsächng nämm. Warum net? Was Eisen sägt, sägt Holz scho lang.

Die Sägerei geht so lang gut, bis er sich beim Abschlußsägerer, das heißt beim letzten Millimeter, wie der Griff grad abfällt, nein Dauma sägt. »Auaaaaa!« brüllt der Krippmbaumeister und rennt mit blutendem Daumen nauf zu die Olga nei die Küch.

»Hasta dich gsägt?«

»Des werd net verraten – des werd ä Weihnachtsüberraschung.«

Es tut weh, und der Willi jammert entsprechend aufm Verbandsplatz rum. Dann begibt er sich wieder auf den Kriegsschauplatz zurück. Der erst Finger iss jetzt außer Gfecht. »Naja«, denkt er, »ich hab ja nuch neun annera; die müssn lang.«

Um jetzt eine Vierung zu baun, bräuchert der Willi mindestens drei Bretter und ee Lattn. Er hat aber bloß zwää Brettli. Da sicht er ä leers Bananenkistla. Jetzt hat er sei Material, aber auf der eena Wend steht jetzt ›Chiquita‹ drauf. So ein Mist! Des kann er net laß, des muß er später noch überstreich. Zu allem Unglück hat er kee klenna Nägeli! Mecht nix, er könnt gar kee klenna Nägeli brauch, er hat ja aa bloß än großn Hammer. – Bei seiner Naglerei merkt er, wie notwendig er jetzt sein verwundetn Dauma brauch könnt.

Mit gerunzelter Stirn betracht der Willi jetzt die gsprungena Wandbrettli. Die Nägel warn zu stark. »Was soll's«, tröstet er sich, »so ä altfränkischer Stall war immer ä weng winddurchlässig.« Wie er grad überlegt, woraus er jetzt des Dach macht, fällt die Chiquita-Wend um. Der groß Nagel hat des Obstkistlesbrettla doch net gegriffm. Er sucht jetzt im Werkzeugkistla: »Da hab ich doch noch so än Aufkleber ghabt.« Na freilich, zwää sogar. Jetzt stehn die Wänd stabil und fest. Hübm klebt jetzt eisern der Spruch »Alles in Obi« die zwää Wend zamm, und drübm, wo Ochs und Esel hinkumm solln, steht jetzt in leuchtendn Buchstabm: »Ich bin Energiesparer!«

Der Willi nimmt sich fest vor: »Des muß ich alles noch überpinsel, aber des iss es Wenigsta.«

Also, jetzt es Dach. Er hat kee Material mehr. Er pirscht durchs ganza Haus. Wie wär's mit dem klenna Bücherbord? Geht net; Mahagoni iss net altfränkisch! Der Willi schleicht durchs Eßzimmer.

Aus der Küch bläckt die Olga: »Die Brotzeitbrettli bleibm da!«

»Des wäß ich aa«, brummt der Willi.

Da fällt's na ei: Da hat doch die Olga zwää Pikkolöli gschenkt kriegt, neulich. Die zwää Fläschli raus, des Kistla aufgeklappt auf die Bretter montiert – des gäb ä Superdach! – Mist! Da iss aa Reklame drauf! »Mecht nix, da mach ich Moos drüber.«

Dafür, daß er bloß neun Finger zum Ärbetn ghabt hat, sieht des Krippela ganz manierlich aus. Bloß die Werbeschriftn lenkng ä weng von Weihnachtn ab.

Jetzt werd's angemalt. Der Willi holt sein Benjamin sein Schulmalkastn. »Dunnerkeil, wu iss denn des Deckweiß? Und Pinsel iss aa kenner da!« Er holt schnell heimlich der Olga ihrn Backpinsel und fängt es Farbmischn an: Rot brauchsta immer, ä weng Grün mit nei. Rot–Grün iss weihnachtlich; bei Rot–Grün denkt der Willi automatisch an teuera Gschenke. Blau aa ä weng. Und warum net ä weng Gelb? Gelb iss die Kirchenfarb. Sei Gemisch iss jetzt liladunkelgrau – also nuch ä weng Schwarz nei derzu, des schad nie.

Den Willi sei Farbgemisch deckt ner bloß sehr unvollständig den Obi und den Energiesparer, von Chiquita ganz zu schweigen. »Wenn's trocken iss, muß es nuch ämal nachgstrichen wer'.«

Jetzt kummt es Moos aufs Dach. In der Holzleg hat er altes Osterhasennestlesmoos gfunna, des iss klasse für so ä altfränkisches Krippela. »Wo iss denn der blöd Uhu?« Er find na net und entscheidet sich für Mehlpapp. Es soll ja aa alles ä weng natürlich gebaut sei, ökologisch sozusachng.

»Du, Olga, geb mir doch ämal ä Schüssela voll Mehl.«

Jetzt isses der Olga klar, daß der Willi heimlich Plätzli backt in sein Keller. »Aber«, überlegt sa, »des müssn harte Dinger sei, wenn mer sich derbei nei die Dauma sägt.«

Inzwischen klebt der Willi andächtig sei Moosdach, und – ruck-zuck – iss die Pikkolo-Aufschrift zugedeckt. Es Krippela sicht jetzt aus wie ein Energiesparhaus mit Grasdach. Jetzt kummt die Hauptsach: die Beleuchtung.

Feina elektrischa Litzn hat der Willi net zu seiner klenna Birnli, aber für was hat denn die Olga ihr Bügeleisenschnur? Er schneid längs nei den teuern weißn Kabel, und schon hat er drei feine Leitunga rausgezochng: ä rota, ä schwarza und ä grün-gelba. Jetzt hat er genug Draht. Hinten mecht er den Schukostecker wieder hin an zwää Dräht, und vorn montiert er die klee Fassung mit den klenna Birnla.

Net daß jetzt eener denkt, der Willi wär so blöd und steckert den Stecker nein Strom. Näääää, 220 Volt sinn entschieden zuviel für ee so ä Birnla. Die muß mer scho ä weng aufteil, die Volt oder die Ampere – oder wie die Frecker häßn. Er verzweigt die Leitunga, so daß bald drei klenna Birnli im Krippela hänga: eens im Stall, eens bei die Heilige Familie und eens bei die Schäfer als Lagerfeuer. Da hat der Willi noch ä weng rots Papier rumgekrümpfelt – ä echts Lagerfeuer. »Drei Birnli«, rechngt der Willi, »des sinn rund 70 Volt pro Fassung; des muß so ä Birnla locker wegsteck.«

Jetzt noch die Figürli. Die ersta Entwürf hat der Willi vor mehreren Wochng selber gschnitzt. Mit der Heiligen Maria hat er angfangt. Wie er des Gsicht von der Gottesmutter gsehn hat, hat er gsacht: »Nä, des gibt höchstens noch än Heiligen Josef.« Nach einigen Minutn hat er gsacht: »Nä, unmöglich! – Naja, mach ich halt än Ochs draus.« Am Schluß hat er sei Bildhauerärbet weggschmissn. Er hat sich dann entschiedn: »Ich fang mit die Engeli an, die sinn leichter … die sinn ja fast wie Vögeli.« So hammsa dann aa ausgsehn. »Nä«, hat er gsacht, »ich kann doch net um mei altfränkische Krippm ä paar flügellahma weiße Kraken rumflatter laß.« Schließlich iss alles zum Brennholz gflochng.

Die Figürlich, die wu er jetzt aufstellt, stamma vom Flohmarkt und warn billig. Mer merkt's: Der ee Schäfer fliecht immer um; der Willi legt na wie schlafend vors Lagerfeuer. Es Christkindla braucht noch Stroh in seiner Krippm; er nimmt een von der Olga ihrer Strohstern. Än Heiligen Josef sei Stab fehlt; der Nährvater Jesu stützt sich jetzt auf eena von der Olga ihrer besta Stricknadeln. Er hat sa aus der Olga ihrn halbfertigen Weihnachtsgschenkstrick rausgezochng. »So än Pulswärmer muß mer doch mit drei Nadeln aa strick könn«, denkt er.

Jetzt verhüllt der Willi mit einer altn Deck sein Prachtbau. Übermorgen iss Heiliger Abend. –

Nach »Stille Nacht« treten der Willi und die Olga ihrer Weihnachtsüberraschunga näher.

»Bitte, Olga«, secht der Willi, »mach jetzt dei Aachng zu.«

Die Olga folgt, bis auf einen kleinen Spalt, und sie muß mit anseh, wie der Willi die alt Deck hochheb will, aber der Mehlpapp klebt durch des Moos fest mit der Deck zamm. Ein leises »Dunnerkeil« zischt durch das weihnachtliche Wohnzimmer, und mit einem zornigem Ruck befreit der

Willi endlich des Krippela aus seinem Gefängnis. Es Moos hängt in der Deck, und aufm Dach vom altfränkischn Krippela prangt groß und deutlich die Information »Söhnlein-Sekt halbtrocken«.

»Scheiße!« murmelt der Willi ganz unweihnachtlich. »Olga, laß bitte dei Aachng zu, ich will noch die Beleuchtung anschalt.«

In dem Moment, wo der Krippelesarchitekt den Höhepunkt vollzieh will, das heißt, die altfränkische Krippelespracht in magisches Licht tauch möcht, also den Schukostecker nein Strom steckt, tut's einen Mordsschlag. Blitze zucken in und um des Krippela rum, der Ochs, des Rindviech, fällt übern Esel her, den Heiligen Josef hält selbst die Stricknadel nicht, es Pikkolo-Kistla löst sich aus seiner Verklebung, der Energiesparer hält es Krippela aa nix mehr zamm, und es Lagerfeuer fängt leis zu brenna an, aber echt. Des iss es eenzicha Licht im Zimmer. Es ganza Haus liegt im Dunkeln.

Die Olga gewinnt ganz langsam die Fassung wieder, und der Willi tast sich nein Keller und mecht die Sicherung wieder nei. Jetzt löscht er des Lagerfeuer mit sein Champagnerglas und schent die Olga: »Mit dera Bügeleisenschnur hätt ja des größte Unglück passier könn! Die war ja so marod! Net ämal ä Krippela kasta damit beleucht! Sei froh, daß da än Handwerker im Haus hast, der wu solcha Schäden sofort erkennt.«

Tüll

Auf Weihnachten, er überlegt hin und her,
Muß für die Fraa nuch ä Gschenkla her.
Da hat er plötzlich ä Super-Idee:
Sei Fraa kriegt heuer ä Neglischee.

»Was wünschen der Herr?« die Bedienung spricht na aa. –
»Ich möcht Tüll, für ä Nachthemd, für mei Fraa.
Und zwar möchert ich fümfazwanzig Meter am Stück.« –
»Aber mein Herr, fünfundzwanzig Meter für ein Nachthemd,
das ist doch verrückt.« –
»Des iss net verrückt, des lerna Sie aa nuch kenna!
In mein Alter iss nämlich die Sucherei schönner als wie es Finna.«

Die Weihnachtsmettn

Er hat gebittelt und gebettelt, der Bua. Er hat gfreecht, und sei Wunsch war eigentlich ganz klar.

Aber die Mutter, die hat abgelehnt: »Des iss zu spät für dich, du bist noch viel zu jung für die Mettn.«

»Aber ich kann doch nachmittags scho ä weng vorschlaf'.«

»Nä, des hältst du net durch. Die Mettn geht doch immerhin bis Mitternacht.«

Der Felix hat sein Kopf häng laß. Er war jetzt neun Jahr alt. Des wär es Höchsta gewesn, wenn er eemal in der Mettn sei könnt. Christi Geburt in der Kirch feier, mit dena herrlicha Lieder und mit die viela Kerzli …

»Und wenn ich die Teppich klopf und alla Zimmer abstaub?«

»Du bist doch erst neun Jahr, Kind, seh's doch ei!«

»Und wenn ich es Bad putz und nacher aa nuch die Straß kehr?«

»Sei vernünftig, Bua, du hältst des net durch.«

Hamm mir uns jetzt getäuscht, oder iss der Widerstand von der Mutter ä weng schwächer worn?

»Ich tu noch den Abfall weg und die leera Flaschn, und dann schäl ich nuch die Kartoffel fürn Kartoffelsalat.«

Die Mutter hat weniger Ärbet ghabt wie sonst, viel weniger. Der Felix iss rumgsprunga und hat alles erledigt. Er hat aa gemerkt, daß die Mutter nix mehr ganz so hart ablehnt. Wenn er ner nei die Mettn derfert! Än Christbaam hat er sogar aa nuch helf anghängt.

»Naja, wennst es unbedingt willst! Aber ich warn dich: Es werd spät.«

Der Felix hat vor lauter Frääd sogar noch es Altpapier sortiert. Richtig ins Schnaufm iss er kumma, der Felix. So viel hat er scho lang nix mehr gschafft, eigentlich noch nie. – Aber die Mettn …

»Mama, was soll ich noch mach?« Aber alles war jetzt scho erledigt.

Dann die Bescherung. Es iss gfeiert worn. Wienerli hat's gääm und Kartoffelsalat. Ä Schallplattn mit Weihnachtslieder iss aufgelegt worn, und die Kinner hamm ihr Gschenke kriegt. Der Vater und die Mutter hamm sich gegenseitig aa was gschenkt, und sie hamm dann ä Fläschla Wein aufgemacht und hamm Plätzli gessn.

»Eigentlich ä weng strümpfert«, hat die Mutter gedacht, und sie hat sich dran erinnert, wie sie früher bei ihrer Eltern nuch selber gsunga hamm und Spiele gspielt mit 'n Vater. Naja, es hat ja aa nuch kenn Fernseher gääm … Und dann sinn sa alla Jahr nei die Mettn. An die Mettn denkt heut überhaupts kenner mehr.

Halt! Jaaaa! Eener scho: der Felix. Der hat dauernd auf sei Uhr geguckt. Net bloß, weil sa neu war, von sein Pat' auf Weihnachtn, sondern weil er die Mettn net versäum derf.

Es hat noch ä annera Mutter gääm. Die hat ä weng vor sich hin gheult am Nachmittag des Heilichng Abend. »Des wenn unner Papa nuch erlebt hätt, daß unner Ralf nix mehr nei die Kirch will …«

Der Ralf hat sei Zeuch für sein Schiurlaub gepackt, derbei hat er Plätzli gessn.

»Ralf, willsta net wenigstens an Weihnachtn?«

»Nää!«

Der Heilige Abend hat na fast gstört. Naja, dann fährt er halt erst am erschtn Feiertag, seiner Mutter zulieb. Sie iss scho ä archa Nervmsächng, sei Mutter. Er will nei die Dolomitn.

»Wennst nei die Mettn gehst, dann gäb ich dir fümfhunnert Mark für dein Urlaub.« Sie hat ä weng was zammgspart ghabt.

Der Ralf hat gerechngt und hat dann gsacht: »Naja, dann geh ich halt nei, daß d' ä Ruh gibst, und weil's Weihnachtn iss. Mer iss ja schließlich ä Christ.«

Wie der Ralf nei die Kirch kumma iss, hat er sich fast nix mehr ausgekennt. »Jessas naa, hat sich da viel verändert.« Er schleicht nauf die Empore, da kennt er sich aus. Früher, als Ministrant, hat er dahomm immer den Blasbalg tret müß, und in der Predigt hamm sa Schafkopf gspielt.

Wie der Felix kumma iss, war untn in der Kirch scho alles voll. Ä alta Fraa hat mit ihrn Kopf auf die Emporetreppm zuus genickt, und der Felix iss naufgschlichng. Er hat än Platz gfunna und hat sich gsetzt. Daß er ausgerechngt nebern Ralf gsessn war, hat na net gstört; er hat na ja net gekennt.

Der Felix war überglücklich: Endlich war er in der Mettn. Sei größter Wunsch iss am Heilichng Abend in Erfüllung ganga. Den schönstn Gottesdienst des Jahres derf er miterleb. Die Lieder, des Krippela und die viela, viela Kerzn.

Alla Leut warn glücklich, gleich geht's los. Daß der Felix grad ämal ganz arg hat gähn müß, hat na weiter nix ausgemacht. Ganz weit hat er sein Mund derbei aufgsperrt.

Der Ralf guckt neber sich hi: »Mensch, gähnt der Bua. Der iss ja jetzt scho müd. Wie mer ner sötta klenna Kinner nei die Mettn laß kann«, nörgelt er unhörbar. Es war nuch ä weng Zeit, bis die Mettn anganga iss, und der Ralf hat von sein Schiurlaub geträumt. Und aa von der Renate, die wu er treff wollt in Canazei, und er hat sich ausgemalt, wie er sa nein Arm nimmt ... Also, was die Leut alles träuma und denkng und plana, bevor die Kirch angeht. Der Herrgott wenn's wissert – wahrscheinlich wääß er's weil er doch allwissend iss.

Der Felix hat grad zum dritten Mal gegähnt und gedacht: »Hoffentlich geht's bal los.« Die Hausärbet war doch ä weng ungewohnt, und er hat gar net gemerkt, daß er sich ganz leicht angelehnt hat an sein Nachbern.

Jetzt iss die Kirch anganga. Der Ralf hat beim Aufstehn den Felix ä weng halt müß.

»Auf, Christen, singt fe-he-stliche Lie-hie-der …« hamm sa gsunga, und der Ralf hat mitgsummt, weil er den Text nix mehr gekönnt hat. Und der Felix? Der hat kenn Zuckerer mehr gemacht: Än ganzn Nachmittag ungewohnta Ärbet – er war total übermüdet.

Wie der Ralf wieder gsessn war, iss der Felix langsam aufm Ralf sei rechts Bee gsunkng und hat tief und fest gschlaffm. Die Lieder, die Kerzn, Christi Geburt in der Kirch – alles des, auf des wu er sich so arg gfrääat hat, hat er jetzt verschlaffm. Mit glücklichem Gesicht war er auf sein Nachbern sein Schoß gelechng und hat noch im Schlaf gelächelt und gstrahlt.

Der Ralf hat sich net getraut, den Felix aufzuweckng. Er hat na angschaut, und des Bürschla hat na immer besser gfalln. »Mensch«, hat er sich gedacht, »jetzt bista scho zwääedreißig Jahr alt und könnerst scho selber so ä Bübla hab. Canazei, St. Moritz und Sylt? Iss des wirklich es wahre Läbm?« Solcha Fragen sinn na dauernd durch sei Kopf ganga. Er hat aa über die Renate nachgedacht, sei Urlaubsbekanntschaft.

Bei der Kommunion iss na sei Bee, wu der Felix draufgelechng war, eigschlaffm, und es hat zu kribbeln angfangt. Der Ralf hat dem glücklich lächelnden Felix über die Haar gstreichelt und hat über sei zwääedreißig Jahr nachgedacht. Er iss zu der Einsicht kumma: So ein herrliches Felix-Lächeln findst da in Sylt net und aa net in St. Moritz.

Dann war die Kirch aus. Der Ralf hat den schlafenden Felix aufm Arm genumma und hat die Leut gfreecht: »Kenna Sie den Buäm?«

Eener hat na gekennt: »Des iss doch der Felix, dena Müllern ihr Junger. Die wohna hintn Vogelsgrabm, ich glääb, Nummer zwanzig.«

Ding-dong! – Die Mutter war noch auf. »Ach Gott, unner Felix! Iss was passiert? Isser verletzt?« Entsetzt hat sa den scheinbar leblosn Körper angstarrt.

»Nää, der schläfft bloß. Er iss eigschlaffm in der Mettn.«

Die Mama vom Felix war ganz gerührt. »Und da hamm Sie na bis daher getrachng? Dank schön vielmals! Setzen Sie sich. Möchng Sie ä Plätzla oder ä Schöppla?«

Der Ralf sieht den Christbaum, und er fühlt sich wohl: ä fränkischa Weihnachtsstubm … »Nä, danke, ich will hemm zu meiner Mutter.«

»Wenn Sie wüßten, wie sich der Felilx auf die Mettn gfräät hat.«

Und der Ralf hat gedacht: »Und wenn Sie wüßten, wie ich mich vor dera Mettn gsträubt hab.«

Auf eemal iss der Felix aufgewacht. »Mama, es war schö in der Mettn. Danke, daß ich neigedürft hab.«

Und der Ralf hat bei sich gedacht: »Danke, daß ich neigemüßt hab.«

Religionsunterricht

Der Herr Pfarrer schent: »So geht des net weiter mit ihrn Sohn!
Der hat ja keine Ahnung von Religion!
Den sei Religionsheft müssertn Sie ämal betrachtn!
Vo Christi Geburt wäß er nix – und aa nix vo Weihnachtn!
Und wie der in dem Alter religiös scho verdorbm iss:
Er hat ja net ämal gewißt, daß unner Herr Jesus gstorbm iss!«

»Gut, daß Sie des sachng, Herr Pfarrer, mir sinn Ihna ja so dankbar!
Mir hamm nämlich selber net gewißt, daß unser Herr Jesus so krank war.«

Der Opa

Die Gschenke warn alla käfft – bis auf eens: Fürn Opa hammsa nuch nix ghabt.

»Ich brauch nix zu Weihnachten!« Des hat er alla Jahr gsacht, und alla Jahrt hat er doch mit ä bißla was gerechngt.

»Du, Opa, wie wär's mit än neua Hut?«

»Auf keinen Fall! Hut brauch ich scho gleich gar kenn!«

Es iss fei net leicht, fürn Opa ä Gschenk zu finna.

Dadurch, daß alla Jahr Weihnachten iss und er aa nuch alla Jahr Geburtstag hat, hat er inzwischen 23 Strickwestn, 48 Hemdn und an die 60 Krawattn. Ob er die Sockng, die er besitzt, alla in sein Lääm nuch ämal anzieh kann, iss fraglich. Er hat nämlich Lieblingssockng, und die zieht er immer wieder an, bis die Schwiegertochter eingreif muß. Neuerdings läßt er sei Lieblingssockng sogar nachts an, weil sa immer nachts gern wegkumma und nei die Waschmaschin wandern.

Der Opa iss eigentlich sonst net so grantig, aber heut besteht er drauf: »Ich brauch nix zu Weihnachtn!«

»Än Schal?«

»Untersteht euch!«

»Briefpapier?«

»Briefpapier? Des könnt ihr euch nein Dings steck … ihr wißt scho, wohi!«

Es iss schwierig mit 'n Opa.

Abends sitzen die Erwachsena zamm und sinniern übern Opa sein Christkindla. Die Fraa muß alla Tag die Bettn mach, aa än Opa seins, und drum kummt era endlich die richtige Idee: »Der Opa bräuchert scho längst ämal ä neua Matratzn.«

»Da wirsta auf Granit beißn! Der Opa gibt doch sei alta Matratzn net her; die hat er scho vierzig Jahr!«

»Schlimm genug. Der Opa kriegt ä neua Matratzn!«

Wie sa des mit die neu Matratzn beschlossn hamm, war der Opa auf seiner altn gelechng und hat gschnarcht. Obwohl er Witwer war, hat er immer gut geträumt. Des wenn er gewißt hätt, daß er bald auf ä neua lieg muß, da hätt's gekracht.

»Du, Opa, mir müssn ämal zum Engelhardt. Gehst du mit?«

»Ich brauch nix auf Weihnachtn!«

»Nä, net wecher Weihnachtn – mir wölln für uns was käff: neua Matratzn.«

»Ihr habtera doch erscht kriegt vor zwää Jahr. Sinn die scho wieder zammgewürcht?«

»Es gibt jetzt modernera, Opa: mit Stroh drinna.«

»Des soll modern sei? Strohsäck hat's doch scho immer gääm.«

»Also, gehsta mit? Du bist doch der eenzig, der wu immer än Parkplatz find.«

»Gut, na geh ich halt mit, aber … ich brauch fei nix zu Weihnachtn!«

Es is fei net so einfach mit 'n Opa.

Im Möbelhaus sinn sa gleich nei die Matratznabteilung. Stückers zwanzig verschiedena Matratznmodelle warn aufgebaut. Die Schwiegertochter und ihr Moo drückng mit der Hend auf die ee und auf die anner Matratzn, bis der Verkäufer secht: »Da müssn Sa sich drauf-leg, dann könna Sie des besser beurteil. Für wen soll's denn sei?«

Der Opa spitzt die Ohrn.

»Für mich«, lügt die Schwiegertochter. Sie hat ungefähr än Opa sei Gewicht. Dann legt sa sich strecksterlengs auf eine Latex-Matratzn.

»Net schlecht«, secht sa. »Willst aa ämal probier, Opa?«

»Die iss doch net für mich.«

»Naja, aber du als alter Handwerker hast doch für so technischa Sachng ä ganz annersch Gspür.«

Jetzt legt sich der Opa drauf. »Viel zu weich«, iss sei Urteil. Dann legt sich der Opa auf ä synthetischa. »Schaumgummi«, raunzt er verächtlich. Als nächstes kummt ä Federkernmatratzn dra. »Nicht schlecht«, lobt er sa und höpsert nuch ä weng drauf rum. Langsam gfällt dem altn Opa die Matratznprobiererei.

»Da hintn hab ich noch was ganz Besonderes«, deut der Verkäufer auf die Matratzn mit Strohkern.

Der Opa trennt sich nur ungern von seiner Sprungfedern, legt sich aber dann doch zum Test auf die ›Schaum mit Stroh‹ für 2000 Mark und spielt derbei mit dem seitlichen Reißverschluß.

»Übrigens«, erklärt der Verkäufer, »alla Matratzn ham einen waschbaren Überzug mit Reißverschluß rundrum.«

»Also, 2000 Mark«, secht der Sohn, »ich wäß net, ob des sei muß, der Opa iss doch scho Zwääeachtzig.«

»Na, und?« bäbert die Schwiegertochter. »Später kriegst du sa.«

Jetzt erkundigt sich der Verkäufer: »Ach, die Matratze iss für den Herrn Opa?«

»Ja«, wispert die Fraa, »aber sachng Sa fei nix, es soll ä Weihnachtsüberraschung sei.«

Jetzt guckng sa sich an: »Wu iss denn eigentlich der Opa? Ach, den hamm mir auf der Matratzn mit Strohkern vergessn!«

Inzwischen kumma noch annera Kunden und lechng sich zum Test auf die verschiedenen Matratznmodelle.

Auf eemal hört mer des Rattern einer schweren Stihl-Motor-Baumsäge. Die Kunden fahrn zamm vor Schreck, aber es iss bloß der Opa; er iss auf der 2000-Marks-Matratzn eigschlaffm.

»Des iss ä guts Zeichng«, freut sich die Schwiegertochter. »Die Matratzn nämm ich.«

Sie zahln und fahrn hemm.

Am Heilichng Abend, wie sa alla um den Christbaum rumsitzn, fällt gar net auf, daß die Schwiegertochter net immer da iss. Die Kinner müssn neis Bett, und bei der Gelegenheit baut sie dem Opa sei Bett um. Die alt ausgeleiert Matratzn schmeißt sa hinter die Garage, wo die Bohnastanga stehn.

»Gell, ich krieg nix vom Christkindla?« frecht der Opa scheinheilig.

»Joo, Opa, mir hamm dich net vergessn.« Und sie überreichng na feierlich den Garantieschein vo seiner neuen Matratzn.

»Ich brauch doch kee neua Matratzn!« schent er jetzt.

Aber er werd überstimmt: »Sie iss scho in dein Bett. Werst sehn, du schläffst heut nacht besonders gut. – So, mir gehn jetzt nei die Mettn. Gut Nacht, Opa.«

Am erschtn Feiertag früh gähnt der Opa: »Heut nacht hab ich gschlaffm wie ä Engela.«

Aber sein Sohn kann mer net so leicht täusch: »Guck doch ämal nach, ob er überhaupt die neu Matratzn dringhabt hat. Ich kenn na doch, den altn Schlack.«

Doch die Schwiegertochter bestätigt: »Ich hab nachgeguckt unter sein Bettuch: Der neue Überzug mit Reißverschluß iss deutlich zu sehn.«

Wie die Frühjahrsgartenarbeit wieder losganga iss, im März, kummt auf eemal die Schwiegertochter neis Haus gstürzt, käsweiß: »Moo, Moo, geh mal mit, ich muß dir äwas zeig!«

Hinter der Garage, bei die Bohnastanga, steht die 2000-Marks-Matratzn vom Opa im Freia, allerdings ohne Überzug. Naß und vergammelt iss sa, und die Mäusli hamm scho nei den teuern Strohkern Nester gebaut.

Der Prinz Charles

Hoffentlich hast kenn Totn mitgebracht!«
»Nää, er lebt noch.«
»Des iss aa gut so. Was meenst, wie schnell Fisch schlecht werd und es Stinkng anfängt!«
»Ich hab doch gsacht, er lebt nuch!«
»Heut iss der Achtzehnt, es sinn noch sechs Tag bis Weihnachtn. Wo tun mer na denn hi?«
Der Valtin stellt jetzt erscht ämal den Eimer ab und zieht sein Mantel aus. Die Erna guckt neis Wasser: »Iss des überhaupt ä Karpfm? Der sicht so hell aus.«
»Na freilich iss des ä Karpfm. Was denn sonst! Vielleicht ä Tintnfisch?«
Jetzt kumma die Kinner aus ihrer Zimmer. Sie lassn die Hausaufgab Hausaufgab sei und renna nunter nein Hausgang.
»Uiiii, der lebt ja nuch!«
»Der sieht aus wie der Onkel Kilian!«
Die Mutter will jetzt endgültig wiß: »Wo tun mer na denn jetzt hi?«
Der Valtin stellt fest: »Wenn mer na net im Eimer laß wolln, nacher müß mer na … nein Schlachtkessl vielleicht?«
»Bist du verrückt? Daß unner Gretlsuppm im Februar nach Karpfm schmeckt? Nää! Wäßt, was? Mir tun na nei die Badwanna.«
Die Erna setzt sich durch. Der Valtin läßt Wasser nei die Wanna, gut halber voll, und nacher schütt er den Karpfm mitsamt sein Wasser ausn Eimer nei die Wanna. Der Fisch iss glücklich – endlich hat er mehr Wasser, mehr Platz. Endlich kann er wieder normal schwimm und sei Flossn reck.
»Guck ämal, Erna, ich gläb, der lacht sogar, weil er jetzt in der Wanna iss.«

»Du Simpl, ä Fisch lacht doch net. – Gäb na ä weng Futter, daß er uns net vom Fleisch fällt.«

Der Valtin schmeißt Brotbröseli nei die Wanna, und heimlich hat er aa ä paar Plätzli geklaut und bröselt sa dem Fisch hi. Der Karpfm haut nei, daß es dem Valtin ä richtiga Freud iss.

Die Kinner sinn wieder in ihr Studierzimmer verschwundn. Sie studiern jetzt aber Brehms Tierleben. Unter K wern sa fündig. »Da steht's: ›Karpfen leben im seichten, stillen Gewässer und lieben schlammigen Grund. Der Karpfen ist ein Allesfresser.‹«

»Also, mir tut er leid. In der Wanna hat er kee bißla Schlamm, und Hunger hat er bestimmt aa. Ich geb na mei Schulbrot; des hab ich heut ner bloß halber gessn, und nacher tun mir na nuch ä weng Schlamm nei die Wanna.«

Der Valtin geht zu die Oma, um mit ihr über das Nicht-mehr-Baden zu reden; die Oma iss 85 Jahr alt, und sie sicht nix mehr so gut. Außerdem wird ihr Gemerk von Tag zu Tag schlechter.

Inzwischn guckt die Erna nach dem Karpfm. Sie gibt na die restlichng Nudln vom Mittagessn und ä weng Hackfleisch.

Da kummt der Valtin zurück und secht: »Ich hab na doch scho gfüttert!«

Aber die Erna meent: »Ich hab na nuch äwas gääm … er hat mich so vorwurfsvoll angschaut.«

Alla zwää frään sich, wie der Karpfm in der Wanna sichtlich aufblüht.

»Hast du der Oma gsacht, daß mir momentan ämal net bad könna?« erkundigt sich die Erna.

Er bestätigt, und die Erna und der Valtin gehn wieder ihrer Arbeit nach.

Da schleichng die Kinner neis Bad. Der Karpfm kriegt sei drittes Mittagessn und ausreichend Schlamm und Erdn nei die Wanna – und nuch äwas kriegt er: än Nama. Er häßt jetzt Prinz Charles.

Wie die Erna den Schlamm in der Wanna sicht, kriegt sa än Tobsuchtsanfall, aber sie werd durch den gutn altn Brehm überzeugt, daß der Prinz Charles des Dreckwasser braucht. »Naja«, secht sa, »es iss ja bald überstanna.«

Abends, um halber achta, schrillt ein gellender Bläckerer durchs Haus. Die Oma hat vergessn, daß sa net bad derf, und sie sitzt jetzt in der Wanna, zusammen mit dem Prinz Charles. Sie hat häß Wasser eigelassn und sich fei gewundert, daß die Wanna so schnell voll war. Sie iss neigstiechng und hat schnell gemerkt, daß sa net ällees iss in ihrer Schwemm. Da hat sa ihrn Schrei ausgstoßn, und mit ihrn ruckartigen Brüllerer hat sa sogar ä bissela Urin verlorn, was aber im Prinz Charles sein Schlamm nix zählt.

Der Kronprinz schwimmt jetzt zwischer der Oma ihrer Oberschenkelhalsknochen rum und freut sich über die überraschende Gesellschaft. Die Erna hilft der Oma raus, wäschtera den Schlamm runter, und der Prinz Charles zieht wieder traurig und zölibatär seine Bahnen durch die Wellen der Badwanna.

»So, es iss der Vierunzwanzigste. Am besten iss, du schlachst na jetzt gleich früh.«

»Iiich??? Den Prinz Charles?«

»Na freilich, dazu isser doch da. Heut abend kummt er aufm Tisch.«

Iss des ä Gsprächsthema am Frühstückstisch? Nein! Niemals! Die Kinner schrein durchänanner: »Bitte, laßt na leb'!«

»Mei Prinz Charles derf net gschlacht wer'!«

»Er hat euch doch nix getan, der arm Fisch!«

»Ich eß nix dervo!«

Aber die Erna denkt an des Geld, des wu der Fisch gekost hat, und daß sa än Weihnachtskarpfm aufm Tisch hab wolln, wie alla Jahr. Sie befiehlt: »Kinner, ihr geht jetzt zum Einkaufm!« Und dann ordnet sie an: »So, Valtin, die Kinner sinn fort. Jetzt schlachst na!«

Der Valtin nimmt ä Messer und geht neis Bad. Sofort schwimmt der Prinz Charles auf na zu, lächelt na an und denkt, daß es was zu fressn gibt. Aufgeregt wedelt er mit sein Flossnschwanz, und aus sein Maul quelln ä paar Blasn, als wöllert er sag: »Bist halt doch ä feiner Kerl, Valtin, bei dir fühl ich mich sicher.« Der Valtin mecht ä Gsicht wie der Henker von London, und er beruhigt den Todeskanditatn: »Hab kee Angst, es geht ganz schnell, und du spürst nix dervo, des versprech ich dir, Charlie.«

Er muß fünf- bis sechsmal nein Wasser greif, bis er den aalglattn Fisch hat. Jetzt hebt er na aus der Schlammbrüh. Der Prinz Charles schnappt nach Luft und läfft blau an. Der Valtin, der ein aktives Mitglied beim Roten Kreuz iss, guckt kurz auf den Erstickungskampf und läßt die Kreatur wieder nei ihrn Element. Er kann den Karpfm net abstech – lieber will er an Weihnachtn nix zu essn.

Der Prinz Charles schwimmt jetzt wieder in sein Fango-Beckng, mecht aber ä bös Gsicht. Er grollt: »Gell, des wißt ihr net, ihr blöda Menschn, daß ich an der Luft kee Luft krieg?« Was Tod und Sterbm iss, davo hat ja so ä Kreatur keine Ahnung; bloß wenn sa kee Luft kriechng – des merkng sa.

Die Erna schent ihrn Moo: »Du bist der vielleicht ein Versager! Du mußt na vorher betäub mit 'n Hammer, des iss für den Fisch wie ä Narkose, da merkt er gar nix.«

Der Valtin nimmt einen zweitn Anlauf mit Hammer und Messer. Wieder hat er den Fisch ausn Wasser, und wieder schaut na der Fisch tief nei die Auchng. »Kannst du mich net in mein Wasser in Frieden laß?« secht dieser Blick, »könna mir net fröhlich neberänanner herleb, du als Mensch und ich als Fisch? Was willst da denn mit dem blödn Hammer?«

Der Valtin schmeißt den Prinz Charles wieder nei seina Badwanna und secht: »Erna, ich kann's net, und ich mach's aa net! Laß na leb'.«

»Nacher mach ich's! Was wöll mer denn sonst eß am Heiligen Abend?«

»Mach Gemüs und Kartoffl, aber laß na leb', den arma Kerl!«

»Nein, ich schlacht na, du Schwächling!«

Die Erna nimmt den Hammer und es Messer und geht entschlossn neis Bad. Der Valtin bleibt draußn – er kann's net mit anseh'.

Nach zwanzig Minutn fracht er durch die Tür: »Isser scho gstorbm?«

Als Antwort der Erna ihr Stimm: »Geh doch ämal rei, Valtin.«

Er geht nei und sicht, wie die Erna vor die Wanna kniet, die Ärmel naufgekrümpfelt hat, und mit 'n Prinz Charles Fangeles spielt. Hammer und Messer sinn weggelegt, und sie lacht wie ä klenns Kind. Als Schiffli hat sa die alt Holzbürschtn und die Seifenschaln aufm Schlammwasser schwimma. Mer sicht, der Prinz Charles, der alt Weiberheld, hat auch die Erna betört. Jetzt langt der Valtin aa neis Wasser, und die zwää freun sich über ihr neus Spielzeug.

»Im Frühjahr«, secht die Erna, »legn mir für dich, Charlie, einen schönen Karpfmteich in unnerm Garten an. Dann kriegste's gut, dann hast du noch mehr Platz, mein kleiner Prinz.«

Bis dahin bleibt der Prinz Charles in der Badwanna. Des wär ja alles gar net so schlimm, aber bis mer des der Oma erklärt, daß sa bis April neis Hallenbad muß und immer erst dusch soll und daß es Wasser ner bloß zum Schwimma da iss, net zum Neimachng, des war fei net so eefach.

Es Biedermeiertischla

Auf was war der Hans besonders stolz?
Auf än Möbelstückla aus edlem Holz.
Ä Biedermeiertischla war's,
Sehr wertvoll, vielleicht Luis Kators?
Ä Schönheit, des Tischla war gelunga,
Besonders die Tischlesbee, herrlich gschwunga.

»Wäßt, was?« secht der Hans zu seiner Fraa,
»Ä klenner Christbaam langt heuer aa.
Mir werdn ja aa alla Jahr älter.
Den stelln mir auf des Tischla, hoffentlich hält er.«
Sie hamm ä wunderschöns Fichtla gfunna,
Und hamm's aa gleich mit hemmgenumma.
Blöd war bloß – Mensch, so ein Mist! –,
Daß es zu groß gewesen ist.
Der Hans secht: »Mir machng des Spitzla roo.«
Sie raunzt: »Mir sächng na untn oo.«
Es geht hi und her, sie secht untn, er obm.
Sie werdn laut, sie streitn, sie bläckng, sie tobm.
Der Hans habt die Tür zu, es greint sei Fraa –
Sie guckng änanner nix mehr aa.
Ä jeder hat recht, die Äst untn sinn schö,
Und es Spitzla strebt herrlich in die Höh.

Een Tag vor Weihnachten betritt sie die Stubm,
Da haut sie's vor Schreck beinah um:
Der Baam steht da, es iss eine Pracht,
Er iss fast wie für des Tischla gemacht.
Und sie secht unter Tränen mit letzter Kraft:
»Ach Hans, wie hasta denn des bloß gschafft?
Du bist doch der Best.« Sie iss ganz bewegt. –
»Ich hab eefach die Bee vo den Tischla abgsägt.«

Die Annonce

Bist Du an Weinachten auch so allein?
Ich, 48 Jahre, weiblich, einsneunundsiebzig klein.
Vollbusig, aufgeschlossen allem Schönen im Leben,
möchte Dir, Nichtraucher, bis 55, Geborgenheit geben.
Wandern, Reisen, Konzerte, aber auch zärtliche Stunden.
Bin Gott sei Dank seit kurzem nicht mehr gebunden.
Nur Mut, melde Dich, bin auch häuslich und fleißig.
Bevorzugt: Konfektionsgröße einunddreißig.

Christstolln

Der Josef war Postvorsteher in Königsberg. Er hat sich hintern Ohr gekratzt und hat aufm Kalender geguckt.

»Was fer een hamm mer denn heut? Än Sechzehntn … naja, es Gröbsta hammer«, hat er gemurmelt. »Was soll denn jetzt noch für ä Problem kumm auf Weihnachtn?« Er hat überlegt: »Die ›Fränkischen Rohrwerke‹ hamm ihr Weihnachtspost scho längst abgschickt, die Auslandspost iss aa scho zum größtn Teil durch – jetzt lassn mir Postler uns nix mehr aus der Ruh bring.« Der Josef hat sich entspannt zurückgelehnt, die Feiertag könna kumm.

Plötzlich iss die Tür aufganga. »Grüß Gott.«

»Grüß Gott, Frau Maier-Schwarzegg. Na, was hammer denn?«

»Ich möchert ä Paket aufgeb, des muß noch zu Weihnachtn ankumm! Es soll ä Überraschung sei.«

Der Josef kennt sei Post von der Pike auf. »Heut iss der Sechzehnt … des müssert eigentlich auf jedn Fall nuch klapp«, hat er ganz gönnerhaft versichert. »Wo soll's denn hingeh'?«

»Nach Düsseldorf, zu meiner Tochter. Es iss ä Weihnachtsüberraschung. Ich verrat net, was es iss.«

Der Josef legt sei Stirn in Faltn und rechngt: »Am sicherstn isses per Eilbotn. Des kost ä paar Mark mehr, aber nacher iss es wenigstens in zwää Tag drom.« Er hat es Geld kassiert, und der Poststift hat es Paket fachmännisch entgegengenumma.

Die Frau Maier-Schwarzegg schwärmt scho jetzt: »Ach, ich frää mich ja scho so, wenn sa des Paket aufmecht.« Und dann hat die guät Fraa dem Poststift noch ämal geheimnisvoll zugflüstert: »Ich sag net, was es iss, aber mit G geht's an.«

Es Paket iss in hohem Bogen zu die annera Pakete gschmissn worn, und die Frau Maier-Schwarzegg iss strahlend hemmwärts ganga.

»Die Doris«, hat sa sich gfräät, »soll aa in der Ferne, in Düsseldorf, net auf die guta Sachng verzicht, die wu sa derhemm immer so gern gessn hat.«

Per Eilbotn war des Paket unterwegs. Der Erich hat's nach Haßfurt gfahrn, und dort iss es sortiert worn, und nacher isses nein Zug verfracht worn. Es war kalt, so um die Null Grad rum. Gott sei Dank, daß es kalt war – es Paket braucht die Kält notwendig. Sogar Christstolln tropfm in der Wärm vor Butter und vor Fett.

Wie der Zug nei die rheinische Gegend kumma iss, hat es Wetter umgschlachng. Es iss auf eemal zwölf Grad warm worn, und der Zug iss fröhlich weitergsaust. Es Paket hat ä bißla gschwitzt, aber es sinn ja ner bloß noch zwää Stundn bis nach Düsseldorf.

Warum hat denn die blöd Hepper, die Doris, ihrer Mutter net gsacht, daß sa drom in Düsseldorf än Mo kennagelernt hat, und daß sa mit na über die Feiertag an die Côte d'azur gfahrn iss? So äwas secht mer doch seiner Mutter in Königsberg, oder? Und daß sa scho heimlich zammgezochng sinn, hat sa natürlich aa net gsacht.

Auf jeden Fall iss beim Josef im Königsberger Postamt am 29. Dezember ä Paket ankumma mit dem Vermerk ›Unzustellbar‹. Der Postvorsteher hat gschent und hat den Erich beauftragt: »Da, nemm's gleich mit zu die Frau Maier-Schwarzegg!«

Der Erich brummt vor sich hin: »Also, so was! Wäß die net ämal die Adress vo ihrer eigena Tochter?«

Weder der Josef noch die annern Postler bis nunter zum Stift hamm wiß könn, daß die Doris mit ihrn neua Freund zur Zeit in St-Tropez rumgflochng iss. Und was drin war in dem Paket, hammsa erst recht net gewißt. Es Postgeheimnis war durch zwää dicka Schichtn Pappedeckel gewahrt. Ner bloß der Stift hat gewißt, es geht mit G an.

Wie der Erich des Paket nei sein Golf geladn hat, hat er trotz der Kält die zwää Fenster runtergedreht; er hat frischa Luft gebraucht.

Die Sieglinde, die wu aa zum Postamt geghört, hat die Nasn naufgezochng und hat gfreecht: »Was müchert denn da so?«

»Wieso? Da riecht doch nix besonders.«

»Na freilich, da stinkt's! Mir als Hausfrau machng Sa da nix vor.«

Im Postamt Königsberg sinn sämtlicha Fenster aufgerissn worn, und die Leut drauß die Straß hamm ihr Köpf gschüttelt und hamm gsacht: »Die müssn Geld hab, und des alles vo unnera Steuern.«

Da kummt der Erich scho wieder zurück: »Kes derhemm bei die Maier-Schwarzegga. Ich hab än Zettel nein Briefkastn gschmissn, daß sie's abhol kann.«

Was solls, der Erich hat sei Pflicht getan. Es Paket war wieder da und iss nein Eck für Abholsendunga gstellt worn.

Natürlich hat kee Mensch wiß könn, daß die alte, aber glückliche Frau Maier-Schwarzegg für zehn Tag nach Garmisch gfahrn iss. Was soll aa so ä alts Singela über die Feiertag in Königsberg mach?

Die Sieglinde hat inzwischen ihr ganzes Deo versprüht, weil aus dem Eck für ›Abzuholen‹ hat's inzwischen ganz stark rausgerochng, kaum daß des Paket wieder da war. Der Erich hat ä Mondscheinbauernhöfla in Dörflis ghabt, wo mer scho ämal ä weng än Geruch gewöhnt sei muß, aber aa er hat ganz bös die Nasn naufgezochng.

Schließlich hat die Sieglinde ganz fachmännisch festgstellt: »Aus dem Paket kummt der Gschtank!«

Und dann hat's der Erich mit zugehaltena Nasn nausn Hof getrachng.

Der Poststift hat sein Kopf gschüttelt: »Wie ner ä Christstolln so stink kann …«

»Wieso Christstolln?« hat der Josef gfreecht.

Da hat's der Stift eigstanden: »Mir hat sie's doch verratn.« Und er iss rot worn derbei.

Am nächsten Tag, wie der Josef naufm Himmel geguckt hat, ob net bal ä weng Schnee kummt zum Schifahrn, da hat er gsehn, wie zwää

Mäusebussard übern Posthof kreisen. »Des iss ja die verkehrte Welt. Seit wenn möchng denn Mäusebussard Christstolln?« Ausn Paket iss inzwischn ä klenns rots Bächla geloffm, und der Josef hat die Welt nix mehr verstanna.

Wie die Frau Maier-Schwarzegg am drittn Januar wieder aus ihrn Kurzurlaub da war und die Hiobsbotschaft vo ihrn Paket ghört hat, hat sa ä Fingerla gemacht, ihr feins Näsla zughaltn und ganz vorwurfsvoll gsacht: »Ich hab's doch gsacht: Es geht mit G an. Es iss ä gerupfta Gans, ausgenumma und bratfertig.«

»Und mir«, hat der Poststift eifrig erklärt, »mir hamm gedacht, es wär ä Christstolln, der geht doch aa mit G an.«

»Halt's Maul!« hat da der Josef gschent, »dei Dummheit fällt jetzt auf die ganz Post zurück! Christstolln werd doch net mit G gschriebm, sondern bloß mit G gsprochng. Gschriebm werd's mit K, du Armleuchter!«

Unrasiert und fern der Heimat

Der Heinrich liegt auf sein Liegestuhl. Über sein Badhösla – des iss mehr Bad als Hösla – hängt sei Kleingewerbetreibenden-Bauch, und in seiner Hend hat er einen Long-Drink. Dadra muß er lang trink, weil die Sauferei sonst zu teuer kummt. Die Sunn brennt auf sein Sonnaschirm, und näämdraa spielt ä Radio die ›Petersburger Schlittenfahrt‹.

»Isses net schö hier, Meta, auf die Maledivm? Sonne und Strand – mittn im Winter! Was für een hammer denn eigentlich heut?«

Die Meta guckt auf ihr Digitaluhr und seufzt: »Än 24. Dezember, heut iss eigentlich Heiliger Abend.«

»Und wieviel Uhr isses?«

»Elfa … des häßt, derhemm in Franken isses jetzt viera nachmittags. Es geht langsam auf die Bescherung zu.«

Der Heinrich dehnt und reckt sich auf sein Liegestuhl und dreht sein Franknlaib auf die anner Seitn, daß er da aa schö braungebackng werd. Er sinniert: »Wenn ich dra denk, jetzt früh isses bei dena Heiliger Abend. Und Schnee hammsa, Glatteis, Heizöl brauchng sa, Salz müssn sa streu, Husten hammsa, und Grippe kriechng sa. Und hier: Sonne und Strand und alles gsund! Und so lescheer alles – net ämal rasier mußta dich. Iss des net super?«

Die Meta iss in Gedanken derhemm: »Jetzt müssertn mir uns anzieh, wenn mir nei die Mettn gingertn.«

»Mettn, Mettn … Was hastn dauernd mit deiner Mettn?! Hier im Paradies mußta ganz andera Gedankng hab, zum Beispiel: Was gibt's denn heut abend zu essen im Hotel?«

»Ich gläb, Froschschenkel … Wahrscheints singt in der Mettn der Kirchenchor …«

»Den sei Gequaak hab ich nu nie leid könn.«

»Vor fümf Jahr hasta doch selber nuch mitgsunga, als Tenor.«

»Ja, des war ganz schö, aber jetzt hamm mir uns doch gelöst vo dera Gefühlsduselei. Jetzt könn mer unner Läbm so richtig genieß. Hier fehlt uns nix.«

»Mir fehlt scho was: die Kerzli, die Plätzli, der Adventskranz, der Christbaam …«

»In der Hotelhalln steht doch so ä Baam aus Plastik!«

Die Meta juckt sich an ihrn Oberschenkel, da wu der Gummi vom Bikini deutlich eischneid nei ihr Bindegewebsschwäche, und sie denkt wehmütig an ihr bequeme Wintergarderob, an ihrn warma Wintermantl, an ihr Seehundstiefeli und an ihrn Kaminrock. Sie träumt weiter: »Wäßt nuch, wie des schö war, mit die Kinner an Weihnachtn?«

»Sei froh, daß mer hier sinn. Derhemm tätn sich unner Kinner und ihr Kinner bloß bei uns eiquartier, trinkertn unnern bestn Wein, und die Enkeli tätn vielleicht unner guta Blumavasn runnerschmeiß. Isses hier net herrlich? Mir liechng in der tropischn Wärm und lassn uns die Sunn auf unner Bandscheibm schein. – Wäßt, was? Wennst so arg an derhemm denkst, nacher schreib doch ä Kartn oder än Brief.«

Die Meta iss begeistert, sie käfft Schreibzeug am Kiosk und fängt gleich es Schreibm an.

»Zuerscht schreib ich an die Nachbern …«

Liebe Eva und Hans,
wir sind auf den Maledivm gut angekommen. Das Wetter ist schön, der Strand ist schön, und die Sonne scheint den ganzen Tag. Hier ist es schön. Hoffentlich geht es Euch gut. Am 20. Januar kommen wir wieder zurück.

Eure Meta und Heinrich

»So, jetzt ich«, secht der Heinrich. »Geb mir ämal än Brief mit Umschlag.«

»Wen schreibstn?«

»Ich schreib an mein Freund Schorsch …«

Lieber Schorsch,
auf den Maledivm geht es uns sehr gut. Hotel, Essen und Strand sind phantastisch, aber am tollsten sind hier die Weiber. Die meisten sonnen sich mit oben ohne, und manche haben unten auch nix oder nur eine kleine Schnur statt Hose, das ist sehr cool. Heute, am Heiligen Abend, haben wir 35 Grad im Schatten, und ich habe schon drei Seidli Bier. Meine Gattin hat auch schon oben ohne, aber ihre Schlüpfer–Zone, also ihre schlüpfrige Zone, ist noch bedeckt. Mit meiner großen Sonnenbrille sieht man die Richtung meiner Blicke nicht, das ist gut. Ich halte die Bild-Zeitung und gucke über sie hinweg auf die Badegästinnen. Mensch, Schorsch, hierher müssen wir einmal einen Herrenausflug machen. Hier geht's zu, schlimmer wie im alten Rom.
Bist Du wieder in der Christ-Mette als Vorbeter eingeteilt? Hoffentlich bleibst du nicht stecken.
Mach's gut, alter Freund! Frohe Weihnachten und Prost Neujahr,
Dein Heinrich.

PS:
Am 6. Januar, wenn die Heiligen Sternsinger rumgehen, soll ein Heiliger Dreikönig ein neues Datum an unsere Tür schreiben. Nicht alles neu, nur aus dem Achter einen Neuner machen. Gib ihm eine Mark von uns.

Die Meta will aa noch schreib. »Ich gläb, ich schreib jetzt ämal an die Isolde, des iss mei besta Freundin …«

Liebe Isolde,
es ist hier sehr schön, aber es fehlen mir ein bißchen die weihnachtlichen Kerzen. Aber es gingert gar nicht, da sie gleich schmelzen täten. Ich habe mir schon zwei süße Kleider gekauft, drei Paar Schuhe, einen teuren Brillantring, einen schnuckeligen Hut und einen Superbikini. Außer meinem Heinrich haben sich schon alle Männer nach meinem Minibadeanzug umgedreht. Er interessiert sich nur noch für seine Bild–Zeitung. Er wird halt auch immer älter. Bis bald,

Deine Meta

»Du, Heinrich, ich schreib jetzt aa gleich noch der Oma …«

Liebe Oma,
frohe Weihnachten und ein gottgesegntes neues Jahr. Paß bitte auf unsere Monika auf, sie ist jetzt im gefährlichen Alter, Du weißt schon. Gib unserer Mienzi täglich frische Milch und ihr geliebtes Whiskas. Laß sie nicht mit schmutzigen Pfoten auf unser neues Sofa und gieß bitte den Gummibaum. Auf Wiedersehen,

Heinrich und Meta

Die Meta kriegt auf eemal Bauchweh. Sie werd blaß und hat Blähunga. »Ob des Nasi Goreng heut früh es Richtiga war? Ob des noch frisch war? Ich bin gleich wieder da, Heiner …«

Der Heinrich packt sich des Schreibzeug und fängt zu schreibm an …

Hallo, Gaby,
ich schreib Dir schnell, weil meine Frau gerade aufs Klo ist. Hoffentlich holst Du selber die Post vom Kasten rein, damit dein Mann diesen Brief nicht findet.
Ach, Gaby, ich habe Sehnsucht nach Dir, besonders jetzt in der Weihnachtszeit. Ich habe Sehnsucht nach Deinen Spezialitäten, nämlich nach Deinen wundervollen großen, runden Elisenlebkuchen und auch nach Deinen tollen, scharfen Gewürzschnitten. Wie gerne, liebe Gaby, würde ich jetz an Deinem Spritzgebackenen knuspern. Liebe Gaby, wie lange muß ich noch meine Liebe zu Dir verstecken, meine Liebe zu Dir und zu Deinen leckeren hausgemachten Brotzeiten? Wie sehne ich mich nach Deinen Vorder– und Hinterschinken und nach Deinen Preßsäcken. Nachts unter der Klimaanlage träume ich von Deiner Sülze.
Ich muß jetzt schnell Schluß machen, denn meine Frau kann jeden Moment zurückkommen vom Abort. Bleib anständig!

Dein Heinrich

Da kommt die Meta scho wieder: »Gott sei Dank, es geht mer wieder besser. – Hast än Pfarrer scho gschriebm?«

»Nä, ich meen, mir sollertn jetz aa an unnern neua Nachbern schreib, den Herrn Dschiwonski.«

Die Meta überlegt angestrengt: »Häßt der net Dschirbinski?«

»Wie werd denn des gschriebm?«

»Wäß ich doch net, schreib halt: Lieber Nachber.«

»Des geht doch net, mir sinn doch net per du. – Wäßt, was? Ich schreib:

Liebe Familie Nachber,
wir schreiben ansonsten keine Karte an Leute, aber an Ihnen schreiben wir gerne, weil Sie ein so … so … so …«

Der Heinrich kommt jetzt ins Schleudern: »Wie schreibt mer denn ›weitgereist‹: mit scharfm oder mit einfachng s?«

»Schreib halt ›weiterfahren‹ oder ›weitgefahren‹ …«

»›Weit...‹ – des gfällt mir net. ›Weitverreist‹ oder ›weltvereist‹?«

»Jetzt hasta ›weit...‹«

»Aus ›weit...‹ hab ich gleich ›welt...‹ gemacht – da, guck her: ›welterfahren‹, des klingt doch viel besser!«

»Nää, des iss nix; ›welt... welt... Weltenbummler‹ – des iss gut! Kasta aus ä klenna ›welt...‹ ä groẞa ›Welt...‹ mach?«

»Klar, hab ich doch scho: ›Weltenpumm...‹«

»Halt, halt, halt! ›Weltenbummler‹ werd doch mit weichem b gschriebm!«

»Weich? Wieso? ›Pummelchen‹ iss doch aa hart.«

»Aber ›Bummel‹ iss weich. Bummel, Bummel – des iss wie ›Bimmelbahn‹! Du mußt immer denk: Die Bimmelbahn bummelt. Alles weich!«

»Gell, ›Bimmel‹ ghört aa weich?«

»Du Simpl, du hast ja keine Ahnung! Schmeiß die Kartn weg, aus än harten P kasta nie ä weiches B mach!«

»Könnert ich scho, aber ich hab kee Lust mehr!« Jetzt kriegt der Heinrich aber sei Wut: »Vier Mark neunzig hat die Kartn gekost! Derhemm kost so was neunzig Pfennig! Die Leut solln sich ihr Kartn selber schreib, wennsera wolln! Scheißschreiberei! Da mecht ja der ganz Urlaub kenn Spaß mehr!«

Die Meta fräät sich, und sie will es Eisn schmied, solangs noch häß iss: »Ach so, du meenst, es Gscheitsta wär's, mir fahretn hemm«, secht sa.

Und der Heinrich pflichtet ihr bei: »Genau! Ich will bloß nuch mei Bild–Zeitung fertigles. – Du, mir könna gar net vorzeitig hemm! Heut und morchng iss doch der Hula-Hula-Tanzkurs für die Gruppe Neckermann; und die Gruppe Neckermann, des sinn doch mir. Und außerdem: Übermorchng iss doch des Kändelleid-Dinner, und am Wochendend kummt doch der Karl Moik mit seiner alpenländischn Musikantn hierher, da hamm mir doch Kartn!«

Die Meta iss traurig: »Der Hula-Hula-Kurs wär mir wurscht. Die Kartn zum Karl Moik wenn mir net hättn, fahret ich sofort hemm.«

Jetzt nimmt der Heinrich sei Meta nei sein Arm und tröstet sie: »Aber dafür simmer an Ostern wieder ämal derhemm … Halt, nä! Da hamm mir ja Saalbach gebucht, da müß mer ja schifahr! Eigentlich blöd – ich tät die kirchlicha Feiertag gern derhemm feier. Bloß, warum liechng die so ungünstig? Weihnachtn ausgerechngt mittn in die Weihnachtsferien und Ostern mittn in die Osterferien – saublöd!«

Geschenke

Was käff mer denn Oma und Opa zu Weihnachten?
Vielleicht tätn sa sich gern ämal ä Museum betrachten?
Wie wär's denn, was sa bestimmt net erwarten,
Mit irgend so ä Konzerteintrittskartn?
Zum Beispiel die Zillertaler Schürzenjager,
Die Kastelruther oder ä Bundesligaschlager?

Gewünscht hat sich der Opa, doch des ahnt kaaner,
Än Bocksbeutel voll mit gutem Silvaner.
Und die Oma, die hat än ganz ausgfallena Wunsch:
Än gemütlichen Abend mit Lebkuchng und Punsch.

Terminstreß

Oje, Oje! Was wern unner Frauen derzu sachng? Scho wieder ä Sonntag im Advent im Eimer, in der stillen Zeit. Dunnerkeil nuch ämal! An sei Familie müssert mer doch, wäß Gott, aa ämal denk, oder? Aber andererseits: Des verstehn ja die Frauen sowieso net, daß mer so äwas gern mecht, wenn mer spürt, daß des die Zuhörer gfällt, wenn mir singa und Gschichtli erzähln. Ja, und dann kummt ja nuch äwas derzu: Sie zahln sogar äwas derfür.

Drei Sänger simmer, schon seit Jahren, und gezupft hammer immer zu unnerer Lieder auf unner Gitarren und aufm Karl sein Kontrabaß. Bekannt warn mir in ganz Frankn, und die Leut hamm sich um uns gerissn.

Also, der 12. Dezember war aa vergääm. Wie bringa mir des unnera Damen bei? Vielleicht mit Pralina oder mit Rosen? Der Gsangverein vo Marktsteft hat uns engaschiert, ab 18 Uhr 30. Naja, des Programm läfft ja scho fast wie ällees. Da gehn mir freilich hi, und Lampmfieber kenna mir sowieso scho lang nix mehr.

Tatsächlich: Unner Frauen warn sauer. Eena vo die unverschämtestn Ausredn, wo mir aber oft gebraucht hamm, war: »Mir wolln die Leut ä Frääd mach, und des iss auf jedn Fall ä guts Werk – und ganz im Sinne der Kirche.« Deraweil – mer derf's gar net laut sach – hat uns des Singa Spaß gemacht, und wenn die Leut gelacht hamm, hamm mir innerlich aa gelacht. Äußerlich hamm mir ernst bleib müß. Mir hamm aa ernst bleib müß vom Karl aus, wenn der Vereinskassier das Honorar bezahlt hat. Schließlich soll kenner denk, mir machertn des zu unnern Vergnügen.

Also iss nein Kalender gschriebm worn: 12. Dezember Gesangverein Marktsteft, evangelischer Gemeindesaal, ›Liebes Christkindla …‹ (des war des Programm). Beginn: 18 Uhr 30, Abfahrt: 17 Uhr, Honorar: sounsoviel.

Ä paar Tag später hat der Frauenkreis vo Wülflinga angerufm: »Mir brauchng euch dringend zu unnera vorweihnachtlichn Altenehrung.«

»Naja, warum net? Wenn iss es denn?«

»Am 12. Dezember.«

»Geht net! Da sinn mir scho vergääm.«

»Mensch, macht kenn Scheiß, mir brauchng euch unbedingt!«

Natürlich hamm sa ausgerechngt die Hedwig anruf laß, die Hedwig, bei dera wu mir alla drei net nää sach könna, weil sa seinerzeit ... Aber des iss ä ganz annera Gschicht. Rasch hab ich mei Gedankng in mein Hirn geordnet und hab ämal einen Zeitplan aufgstellt. Um neuna vielleicht? Des müssert eigentlich geh.

Und dann hab ich mich nein Telefon reden ghört: »Es iss sowieso am bestn, der besinnliche Teil iss am Anfang. Na, kumma mir halt so geger halber zehna, dann isses grad richtig.«

»Halber zehna? Iss des net ä weng spät?«

»Nää, was Bessers gibt's gar net, die humorvolla Sachng müssn immer am Schluß sei, dann gehn die Leut fröhlich lächelnd hemm. Alles andere iss Mist, gläb mir's! Mir kenna uns aus, mir hamm Erfahrung. Wenn die Leut mit ernsta Gedanken und traurig nein Bett gehn, des iss nix.«

»Also guät, am 12. Dezember, um 21 Uhr 30 in der Wässernachtshalle in Wülflinga, abgemacht.«

»Du derfst mir's bestimmt gläb: Humor am Schluß, des isses; es Schlechsta wär: zwischn die ernstn Teile Humor – des wär gar nix.« Hörer aufgelegt, tief durchgschnauft. Mensch, bis des die Leut begreifen! Jetzt hat der Gsangverein vo Marktsteft angerufm wer' müß.

»Hallo! Ja, hier sinn die Sänger vo Haßfurt noch ämal. Sie wissen scho, wechern 12. Dezember, um 18 Uhr 30. Mir wolln bloß ämal übers Programm red. Also, mir hamm die Erfahrung, und des hat sich bestens bewährt, daß mer die humorvolla Sachng gleich am Anfang mecht und dann am Schluß die besinnlicha Darbietunga. Dann gehn die Leut hemm und sinn nuch ganz ergriffm vo die hochgeistigen und andächtigen Gedanken.«

Der Vorstand vo Marktsteft war da ganz anderer Meinung: »Mir wollten eigentlich zuerst besinnlich und dann euer lustiga Lieder ...«

Aber da iss er an den Falschen geraten. »Nix! Des wär der größte Fehler! Gläbt mir des, mir hamm doch des so scho oft durchexerziert. Mir ham doch die Erfahrung. Zuerst der Humor und dann es Gebet, des hat sich bewährt. Also, dann fanga mir um halber siema an und sinn dann geger achta fertig. O.k.?«

»Also guät, wenn ihr meent, na muß ich halt unner Programm noch ämal umschreib und unnern Pfarrer bescheid sag. Mir hamm gedacht, zuerst besinnlich ... Und wie wär's denn mit zwischennei humorvoll?«

»Des wär der allergrößt Fehler, ehrlich, wirklich ehrlich, des wär ä Katastroph! Da wärn ja die Leut hi- und hergerissn. Fromm, lustig und wieder fromm – des geht net, auf keinen Fall!«

So, des hätt mer. Der Hörer war aufgelegt. Also gemütlich Zeit zwischer Marktsteft und Wülflinga, da könnert mer sogar nuch Brotzeit mach.

Klingelingeling! Scho wieder es Telefon. Des geht ja zu wie in einer Konzertagentur.

»Hallo?«

»Ja, hier iss der Caritasverein von Gerolzhofen. Sprech ich mit een vo dena drei Sänger vo Haßfurt?«

»Ja! Worum geht's denn?«

»Ja, also, wie soll ich sag ... Mir hättn än vorweihnachtlichn Abend, und da hamm mir uns gedacht ...«

»Wenn iss denn euer Abend?«

»Am 12. Dezember um 19 Uhr in der Stadthall, und mir täten aa gut zahl, aber mir bräuchertn halt ä weng was Humorvolles. Da hammer uns gedacht, euer Lieder ...«

Des iss zwar neigeloffm wie Öl, wie Rotz um die Backng, aber der 12. Dezember? Dunnerwetter, da hamm mir doch scho was ghabt. Na freilich: Marktsteft und Wülflinga! – Obwohl … Gerolzhofen liechert genau aufm Weg!

»Des geht schlecht, des iss eigentlich unmöglich, da hamm mir scho än Termin.« Vo zwää Termine hab ich lieber nix gsacht, sonst wär er mir vielleicht abgsprunga.

Der Anrufer aus Gerolzhofen läßt, Gott sei Dank, net nach: »Es muß geh, die Leut warten auf euch! Wie mir gsacht hamm, daß mir euch engaschiern, da hamm sich scho die Leut gfräät, und mir hamm auf een Schlag fast fuchzig Karten verkäfft. Zu, mir lechng nuch hunnert Mark drauf.«

»Also, wenn's euch nix ausmecht, daß mir um achta kumma und um neuna wieder fortgehn?«

»Nä, des mecht nix, des iss scho o.k.! Um siema fang mer an, des werd scho klappm.«

»Da macht euch ämal überhaupt kee Sorchng. Am besten machng sich nämlich humorvolla Lieder in der Mittn vom Programm. Es Besta iss: besinnlich, humoristisch und dann wieder besinnlich. Am Anfang Humor iss nix, da denkng die Leut, es geht den ganzn Abend so weiter. Am Schluß Humor iss aa nix, weil da die Leut es Besinnlicha vom Anfang wieder vergessn. Es besta iss, den Humor mit zwää besinnliche Teile einzurahma.«

»Naja, wenn ihr meent, ihr habt die Erfahrung. Na, mach mer's halt so. Also bis zum 12. Dezember. Macht's guät!«

So, jetzt war der 12. Dezember aber ausgebucht. Gell, ihr meent, des wär zuviel für een Abend? Wieso? Ihr habt's doch selber ghört, daß die Gerolzhöfer nuch äwas draufleg wolln. Schließlich mach mer des doch net zu unnern Vergnügen, oder?

Die Schüttelmassage

Also, wie soll mer aus so än Turnverein noch schlau wer'? Nämmt doch ner bloß ämal die Altherrenturner: Die wissn, was ä Liegestütz iss, ä Schnäpper oder ä Seitgrätschn, sie kenna alla möglicha Stellunga, die Bankstellung, die halbe und die Viertelsdrehung und den Hopser, sie könna mit Gummi umgeh, mit Hüpfseile und mit Medizinbäll – aber was sa ihrer Frauen zu Weihnachtn schenk solln, des wissn sa net.

Eigentlich ganz praktisch, daß sich grad jetzt, im Spätherbst, ein Verkaufsexperte angsacht hat, er wöllert im TV-Heim sei Produkte vorführ. Die wärn einmalig auf der ganzn Welt, und sei Preise wärn noch einmaliger, und – des war wichtig – fürn Verein fallert aa was ab, nämlich pro gekommenes Ehepaar 15 Mark und – des war es Wichtigst – für jedn Turner und sei Fraa ä Essn. Ä ganz richtigs Essn? Na klar, ä Putnbrust mit Klöß und Gemüs. Es Allerwichtigst war natürlich des: Die Putenbrust mit Gemüs und Klöß war völlig kostenlos.

Reinhold häßter, sechter, und er wöllert ämal wiß, wer der Ältst im Saal iss. Des iss sei erschter Fehler. Wen er aa angschaut hat, der haßt na scho, den Herrn Reinhold: Kenner wollt der Ältst sei. Hintern Herrn Reinhold sinn Matratzn aufgebaut und ä Lattenrost und aufm Tisch Töpf und Pfanna – Edelstahl, wie mer sieht.

Die Turnereinnen und Turner sinn noch mit ihrer Brust beschäftigt, mit ihrer Putnbrust, und dann fängt der Herr Reinhold mit seiner Verkaufsred an. Hinter ihm iss noch so ä schwarz Ding, wie so ä Luftmatratzn, mit Kabel und Fernbedienung. »Meine Damen und Herrn, wer für dieses ganze Topfsortiment 2000 Mark ausgäbm hat bei irgendeinem dubiosn Händler, der iss ausgschmiert worn. Bei mir kostet die ganze zwanzigteilige Serie genau 1995 Mark ohne Bräter; der kost 1200 Mark!«

Die Irene werd unruhig, sie hat für bloß vier Töpf 2000 Mark bezahlt vor einem Jahr, und jetzt fühlt sa sich total beschissn.

»Der Bräter iss mei ganz besonderer Stolz«, secht der Herr Reinhold und geht auf die Irmgard zu, »sind Sie nicht auch der Meinung, daß ...«

Schlagfertig secht die Irmgard: »Mei Mo iss aa mei ganzer Stolz!«

»Aber, gnädige Frau, ich meine den Bräter!«

»Ja, ja, ich aa: Mei Mo iss aa ä Bräter!«

Der Herr Reinhold lacht gequält, er kann jetzt kee Witz brauch, er will verkäff. »Aber des iss doch ein Gans-Bräter, gnädige Frau!«

»Mei Mo iss aa ä ganz Bräter – der muß unbedingt abnämm!«

So, jetzt iss der Reinhold fertig mit die Töpf, und er hat auch scho die Sonderpreise genannt. Auf dena Dumpingpreise kaun jetzt die altn Herrn rum, nachdem sa mit die Putnbrüst aufgeräumt hamm. Es hänga ner bloß noch ä paar Fleischfasern unter die Brückng rum.

Jetzt baut der Herr Reinhold sein Lattenrost auf, und die Evi muß sich als erstes draufleg, weil sa letze Wochng än Marathonlauf gewunna hat, und weil sa als Hausfrau eine gewisse Lattenrosterfahrung mitbringt.

»Wenn Sie auf dieser Qualitätsmatratze liegen, dann verfluchen Sie ihre alte daheim, so ein herrliches Gefühl ist das. Jeder Mensch zum Beispiel hat ein Hohlkreuz ...«

Der hat ja keine Ahnung! Ein Altherrenturner hat vielleicht einen Katzenbuckel, aber doch kee Hohlkreuz, nie im Lääm!

»... und dieses Hohlkreuz liegt auf Ihrer alten Matratze immer hohl; es liegt nicht auf. Nicht so bei diesem edlen Stück. Hier liegt die Dame ...« (des iss immer noch die Evi mit ihrn Marathonlauf) »... so angeschmiegt, daß man selbst mit der flachen Hand keinen Zentimeter drunterfahren kann.« Der Herr Reinhold demonstriert des, aber er hat Pech: Er schiebt sei Hend weit unter die Evi ihrn verlängertn Rücken, weil die Evi dummerweis ä Hohlkreuz hat. (Brauchst doch net rot zu wern, Evi – Marathon kasta aa mit Hohlkreuz laff.)

Jetzt red der Herr Reinhold in Richtung Benno. Des war wieder ä Fehler; der Benno und sei Fraa hamm nämlich erst vor ä paar Wochng neua Matratzn angschafft. »So, sie haben also schon neue Matratzen. Und, wie iss der Unterschied gegen früher?«

Der Benno klärt na auf: »Des kann mer net vergleich, mei alta war dreiteilig, und die hab ich jetzt dreißig Jahr ghabt. Ich war dreißig Jahr lang prima auf era gelechng, aber jetzt hab ich sa nausghaut, sie hat in der Mittn ä Dalln ghabt.«

Der Vorstand, der Rolf, legt sich jetzt auf die Matratzn.

»Na, wie liegt man?«

Der Rolf denkt an die Putnbrüste und an des Geld fürn Verein und bestätigt, daß er sich trotz seiner Lendnwirbl wohlfühlt.

Jetzt wird aus dem Herrn Reinhold ein Zauberer: Er zieht so ä Ding raus, wie so ä Handy, und secht, daß er damit den Elektrosmog messn kann. »Gibt's unter den Anwesenden einen Elektriker oder einen, der mit elektrischem Strom zu tun hat?« Vorsichtshalber will er erst ämal seh, ob Fachleut da sinn.

Der Hans meld sich schüchtern.

»So, Sie sinn also Elektriker?«

»Nä.« Der Hans iss, wie gsacht, schüchtern, und er iss der Schmieders Hans und kein Prahlhans, sonst hätt er jetzt sein Oberstudienrat aufm Tisch geknallt. »Nä«, secht er, »ich hab mehr mit der Schul zu tun.«

»Ach so, dann sind sie also Hausmeister.«

Die Turner lachng, und der Hans beschließt, daß er sich nie mehr meld.

Jetzt, wo kee Elektriker da iss, kann der Herr Reinhold die Turner so richtig eiseif mit Elektrosmogfelder, Magnetfolien, Metallstrahln, Erdstrahln und Wasseradern, und daß sich es Eisen im Blut reibt und daß es een nacher warm werd.

Ä richtiger Altherrenturner hat überhaupt kee Wasseradern, am ganzn Körper net, sondern er hat höchstens ä paar ganz feine Silvaner-Äderli an die Nasn, und vo Wasser wäß er höchstens, daß mer's nei die Bee krieg kann, und deswecher trinkt er kenns.

Aber jetzt kummt dem Herrn Reinhold sei Clou. Der Rudi muß sich auf die schwarz Luftmatratzn leg. Des iss, wie sich raustellt, ä Vibratormatratzn, und des ganz Bürgermästerla werd total durchgschüttlt. Der Rudi denkt auch an den Verein und bestätigt dem Herrn Reinhold, daß es ein erregendes Gefühl in der Lendngegend iss, und er hätt's in die Lendnwirbl sowieso.

Jetzt will die Käthe es Vibriern aa ausprobier, und der Reiner, der wu die Käthe für gsund hält, freecht ganz laut: »Jetzt möchert ich ämal wiß, wu die's hat!«

Es stellt sich raus, daß es die Käthe in der Näh von die Lendnwirbl hat, und sie iss wie der Rudi mit der Vibratormatratzn zufriedn.

Der Herr Reinhold mecht jetzt Preise und wart auf Kundschaft. »Na, die brauchng doch Weihnachtsgschenke, warum käfft denn kenner was?« Der Herr Reinhold mecht sei Zeug noch billiger, aber kenner beißt an. »1900 Mark für alles: für Lattenrost, Matratze, Elektrosmog, Vibratormatratzn und alla Töpf!«

Des muß mer sich ämal vorstell: Vorhin hat die Matratzn ällees so viel gekost!

Viel Turner gehn jetzt hemm; ihr Zeit iss da, sie ghörn nei ihrn Bett. Sie lechng sich heut nuch ämal auf die alt Matratzn, ohne Vibrator.

Der Herr Reinhold wird nervös. »Meine Damen und Herren, ich bitte noch einmal um Gehör. Weil ich morgen neue Demo-Objekte krieg, darf ich die hier stehenden Töpfe und Pfannen weit unter Preis als Muster abgeben, ganz billig.«

Die Rosi guckt sich noch ämal die Töpf an und prüft die Qualität.

Da geht der Herr Reinhold ganz nah zu sa hi und flüstert ihr neis Ohr: »Gnädige Frau, ich gebe Ihnen noch 300 Mark derzu, wenn Sie die Töpf nemma ...«

Und die Rosi mecht des Gschäft. – Jetzt iss der Betrieb angekurbelt, denkt der Herr Reinhold … Hasta gedacht!

Wie der Herr Reinhold zammräumt, freecht na der Michael, der Wirt, wu 500 Mark für die viela Putnbrüst kriegt hat: »Na, wie war des Gschäft?«

»Net so toll«, secht der Reinhold, »aber wenigstens die Töpf sinn weg.«

Also, die alta Herrn sind der vielleicht ä paar Tolla: Was ä Liegestütz iss, wissn sa, aber was sa ihrer Fraun zu Weihnachtn schenk solln, wissn sa jetzt immer noch net.

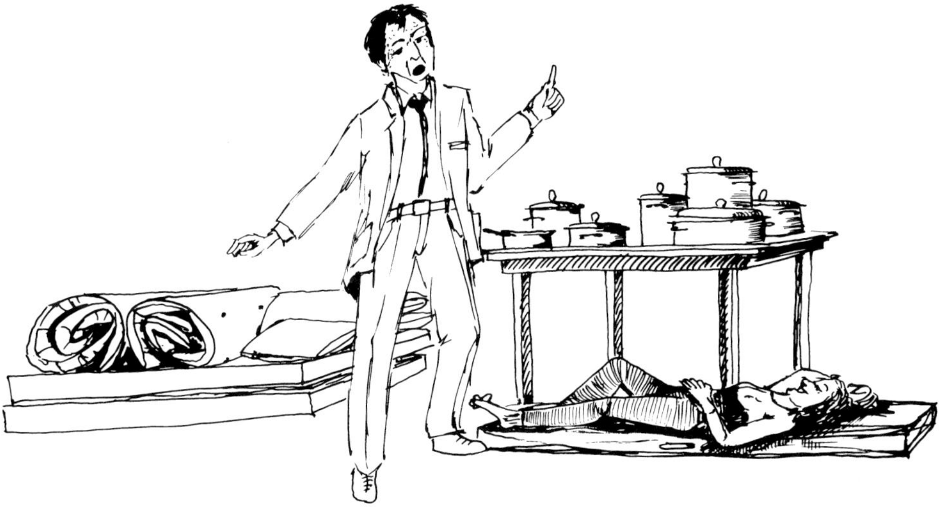

Wilhelm Wolpert bei vmn

Fränkischa Frecker

Fränkische Gschichtn und Gedichte
80 Seiten, gebunden, 12,00 €

Der kranke Franke

Fränkische Gschichten zum Gsundlachen
80 Seiten, gebunden, 12,00 €

Schwarza fränkischa Schäfli

Immerzu fromm in Gedanken, Worten und Werken –
des sinn net grad än echten Franken sei Stärken
80 Seiten, gebunden, mit Schutzumschlag, 12,00 €

Ä Katz müßt mer sei

Fränkischa Gschichtli vo fränkischa Tierli
80 Seiten, gebunden, mit Schutzumschlag, 12,00 €

Haut ab! Des iss unner Feuer!

Geschichten von der »Fröhlich-Fränkisch-Freiwilligen Feuerwehr«
88 Seiten, gebunden, 12,00 €

Liebes Christkindla …

Weihnachtliche Geschichten und Lieder aus Franken
64 Seiten, gebunden, 10,00 €

Herrgott, Dir wenn's nachging

Frech, fromm, fränkisch
64 Seiten, gebunden, 10,00 €

A fränkischa Fraa

Die kummt een zwar teuer, aber – mer hat aa lang draa
80 Seiten, gebunden, mit Schutzumschlag, 12,00 €

Der fränkische Moo

War der eigentlich immer scho so?
80 Seiten, gebunden, mit Schutzumschlag, 12,00 €

A fränkischa Fraa und ihr Moo

CD-Hörbuch, gesprochen von Wilhelm Wolpert, 13,00 €

Wer lachtn an Weihnachten?

CD-Hörbuch von Wilhelm Wolpert, 13,00 €

Wilhelm Wolpert – live erlebt

CD-Hörbuch von Wilhelm Wolpert, 13,00 €

vmn
Verlag M. Naumann
Meisenweg 3 · 61130 Nidderau
Telefon 06187 22122 · Telefax 06187 24902
eMail: info@mundartverlag.de Internet: www.mundartverlag.de